朝花夕拾

——典藏对照本

鲁迅 ◎ 原著

周作人 ◎ 解说

止庵 ◎ 编订

国民阅读经典

中华书局

图书在版编目（CIP）数据

朝花夕拾：典藏对照本/鲁迅原著；周作人解说；止庵编订. ——
北京：中华书局，2024. 10
（国民阅读经典：典藏版）
ISBN 978-7-101-16091-8

Ⅰ.朝…　Ⅱ.①鲁…②周…③止…　Ⅲ.鲁迅散文-散文集
Ⅳ.I210. 4

中国国家版本馆 CIP 数据核字（2023）第 018919 号

书　　名	朝花夕拾（典藏对照本）	
著　　者	鲁　迅	
解　　说	周作人	
编　　订	止　庵	
丛 书 名	国民阅读经典（典藏版）	
责任编辑	马　燕	
责任印制	陈丽娜	
出版发行	中华书局	
	（北京市丰台区太平桥西里 38 号　100073）	
	http://www.zhbc.com.cn	
	E-mail:zhbc@zhbc.com.cn	
印　　刷	北京中科印刷有限公司	
版　　次	2024 年 10 月第 1 版	
	2024 年 10 月第 1 次印刷	
规　　格	开本/880×1230 毫米　1/32	
	印张 6⅝　插页 2　字数 100 千字	
印　　数	1-6000 册	
国际书号	ISBN 978-7-101-16091-8	
定　　价	32. 00 元	

出版说明

　　在二十一世纪的当代中国，国民的阅读生活中最迫切的事情是什么？我们的回答是：阅读经典！

　　在倡导素质教育，提高全社会文明程度的今天，我们要阅读经典；当碎片化阅读充斥人们的生活，侵占深度思考的时间时，我们要阅读经典；当要坚定文化自信，建设中华民族现代文明时，我们更要阅读经典。

　　经典是我们知识体系的根基，是精神世界的家园，是深化文明交流互鉴，创建人类文明新形态的起点。这就是我们编选这套《国民阅读经典》丛书的缘起，也因此决定了这套丛书的几个特点：

　　首先，入选的经典是指古今中外人文社科领域的名著。世界的眼光、历史的观点和中国的根基，是我们编选这套丛书的三个基本的立足点。

　　第二，入选的经典，不是指某时某地某一专业领域之内的重要著作，而是指历经岁月的淘洗、汇聚人类最重要的精神创造和知识积累的基础名著，都是人人应读、必读和常读的名著。

第三，入选的经典，我们坚持优中选优的原则，尽量选择最好的版本，选择最好的注本或译本。

我们真诚地希望，这套经典丛书能够进入你的生活，相伴你的左右。

中华书局编辑部

二〇二三年九月

目 录

小 引 ……1

狗·猫·鼠 ……3

阿长与《山海经》 ……15

《二十四孝图》 ……29

五猖会 ……38

无 常 ……45

从百草园到三味书屋 ……55

父亲的病 ……81

琐 记 ……91

藤野先生 ……130

范爱农 ……170

后 记 ……186

编后记 ……202

小　引

　　我常想在纷扰中寻出一点闲静来，然而委实不容易。目前是这么离奇，心里是这么芜杂。一个人做到只剩了回忆的时候，生涯大概总要算是无聊了罢，但有时竟会连回忆也没有。中国的做文章有轨范，世事也仍然是螺旋。前几天我离开中山大学的时候，便想起四个月以前的离开厦门大学；听到飞机在头上鸣叫，竟记得了一年前在北京城上日日旋绕的飞机。我那时还做了一篇短文，叫做《一觉》。现在是，连这"一觉"也没有了。

　　广州的天气热得真早，夕阳从西窗射入，逼得人只能勉强穿一件单衣。书桌上的一盆"水横枝"，是我先前没有见过的：就是一段树，只要浸在水中，枝叶便青葱得可爱。看看绿叶，编编旧稿，总算也在做一点事。做着这等事，真是虽生之日，犹死之年，很可以驱除炎热的。

　　前天，已将《野草》编定了；这回便轮到陆续载在《莽原》上的《旧事重提》，我还替他改了一个名称：《朝花夕拾》。带露折花，色香自然要好得多，但是我不能够。便是现在心目中的离奇和芜杂，我也还不能使他即刻幻化，转成离奇和芜杂的文章。

或者，他日仰看流云时，会在我的眼前一闪烁罢。

我有一时，曾经屡次忆起儿时在故乡所吃的蔬果：菱角，罗汉豆，茭白，香瓜。凡这些，都是极其鲜美可口的；都曾是使我思乡的蛊惑。后来，我在久别之后尝到了，也不过如此；惟独在记忆上，还有旧来的意味留存。他们也许要哄骗我一生，使我时时反顾。

这十篇就是从记忆中抄出来的，与实际容或有些不同，然而我现在只记得是这样。文体大概很杂乱，因为是或作或辍，经了九个月之多。环境也不一：前两篇写于北京寓所的东壁下；中三篇是流离中所作，地方是医院和木匠房；后五篇却在厦门大学的图书馆的楼上，已经是被学者们挤出集团之后了。

一九二七年五月一日，鲁迅于广州白云楼记。

狗·猫·鼠

　　从去年起，仿佛听得有人说我是仇猫的。那根据自然是在我的那一篇《兔和猫》；这是自画招供，当然无话可说，——但倒也毫不介意。一到今年，我可很有点担心了。我是常不免于弄弄笔墨的，写了下来，印了出去，对于有些人似乎总是搔着痒处的时候少，碰着痛处的时候多。万一不谨，甚而至于得罪了名人或名教授，或者更甚而至于得罪了"负有指导青年责任的前辈"之流，可就危险已极。为什么呢？因为这些大脚色是"不好惹"的。怎地"不好惹"呢？就是怕要浑身发热之后，做一封信登在报纸上，广告道："看哪！狗不是仇猫的么？鲁迅先生却自己承认是仇猫的，而他还说要打'落水狗'！"这"逻辑"的奥义，即在用我的话，来证明我倒是狗，于是而凡有言说，全都根本推翻，即使我说二二得四，三三见九，也没有一字不错。这些既然都错，则绅士口头的二二得七，三三见千等等，自然就不错了。

　　我于是就间或留心着查考它们成仇的"动机"。这也并非敢妄学现下的学者以动机来褒贬作品的那些时髦，不过想给自己预先洗刷洗刷。据我想，这在动物心理学家，是用不着费什么力气的，可惜我没有这学问。后来，在覃哈特博士（Dr.O.Dähnhardt）的《自然史底国民童话》里，总算发见了那原因了。据说，是这么一回事：动物们因为要商议要事，开了一个会议，鸟、鱼、兽都齐集了，单是缺了象。大会议定，派伙计去迎接它，拈到了当这差使的阄的就是狗。"我怎么找到那象呢？我没有见过它，也和它不认识。"它问。"那容易，"大众说，"它是驼背的。"狗去了，遇见一匹猫，立刻弓起脊梁来，它便招待，同行，将弓着脊梁的猫介绍给大家道："象在这里！"但是大家都嗤笑它了。从此以后，狗和猫便成了仇家。

日耳曼人走出森林虽然还不很久，学术文艺却已经很可观，便是书籍的装潢，玩具的工致，也无不令人心爱。独有这一篇童话却实在不漂亮；结怨也结得没有意思。猫的弓起脊梁，并不是希图冒充，故意摆架子的，其咎却在狗的自己没眼力。然而原因也总可以算作一个原因。我的仇猫，是和这大大两样的。

其实人禽之辨，本不必这样严。在动物界，虽然并不如古人所幻想的那样舒适自由，可是噜苏做作的事总比人间少。它们适性任情，对就对，错就错，不说一句分辩话。虫蛆也许是不干净的，但它们并没有自鸣清高；鸷禽猛兽以较弱的动物为饵，不妨说是凶残的罢，但它们从来没有竖过"公理""正义"的旗子，使牺牲者直到被吃的时候为止，还是一味佩服赞叹它们。人呢，能直立了，自然是一大进步；能说话了，自然又是一大进步；能写字作文了，自然又是一大进步。然而也就堕落，因为那时也开始了说空话。说空话尚无不可，甚至于连自己也不知道说着违心之论，则对于只能嗥叫的动物，实在免不得"颜厚有忸怩"。假使真有一位一视同仁的造物主，高高在上，那么，对于人类的这些小聪明，也许倒以为多事，正如我们在万生园里，看见猴子翻筋斗，母象请安，虽然往往破颜一笑，但同时也觉得不舒服，甚至于感到悲哀，以为这些多余的聪明，倒不如没有的好罢。然而，既经为人，便也只好"党同伐异"，学着人们的说话，随俗来谈一谈，——辩一辩了。

现在说起我仇猫的原因来，自己觉得是理由充足，而且光明正大的。一，它的性情就和别的猛兽不同，凡捕食雀鼠，总不肯一口咬死，定要尽情玩弄，放走，又捉住，捉住，又放走，直待自己玩厌了，这才吃下去，颇与人们的幸灾乐祸，慢慢地折磨弱者的坏脾气相同。二，它不是和狮虎同族的么？可是有这么一副媚态！但这也许是限于天分之故罢，假使它的身材比现在大十倍，那就真不知道它所取的是怎么一种态度。然而，这些口实，仿佛又是现在提起笔来的时候添出来的，虽然也像是当时涌上心来的理由。要说得可靠一点，或者倒不如说不过因为它们配合时候的嗥叫，手续竟有这么繁重，闹得别人心烦，尤其是夜间要看书，睡觉的时候。当这些时候，我便要用长竹竿去攻击它们。狗们在大道上配合时，常有闲汉拿了木棍痛打；我曾见大勃吕该尔（P.Bruegel d.Ä）的一张铜版画 Allegorie der Wollust 上，也画着这回事，可见这样的举动，是中外古今一致的。自从那执拗的奥国学者弗罗特（S.Freud）提倡了精神分析说——Psychoanalysis，听说章士钊先生是译作"心解"的，虽然简古，可是实在难解得很——

以来，我们的名人名教授也颇有隐隐约约，检来应用的了，这些事便不免又要归宿到性欲上去。打狗的事我不管，至于我的打猫，却只因为它们嚷嚷，此外并无恶意，我自信我的嫉妒心还没有这么博大，当现下"动辄获咎"之秋，这是不可不预先声明的。例如人们当配合之前，也很有些手续，新的是写情书，少则一束，多则一捆；旧的是什么"问名""纳采"，磕头作揖，去年海昌蒋氏在北京举行婚礼，拜来拜去，就十足拜了三天，还印有一本红面子的《婚礼节文》，《序论》里大发议论道："平心论之，既名为礼，当必繁重。专图简易，何用礼为？……然则世之有志于礼者，可以兴矣！不可退居于礼所不下之庶人矣！"然而我毫不生气，这是因为无须我到场；因此也可见我的仇猫，理由实在简简单单，只为了它们在我的耳朵边尽嚷的缘故。人们的各种礼式，局外人可以不见不闻，我就满不管，但如果当我正要看书或睡觉的时候，有人来勒令朗诵情书，奉陪作揖，那是为自卫起见，还要用长竹竿来抵御的。还有，平素不大交往的人，忽而寄给我一个红帖子，上面印着"为舍妹出阁"，"小儿完姻"，"敬请观礼"或"阖第光临"这些含有"阴险的暗示"的句子，使我不化钱便总觉得有些过意不去的，我也不十分高兴。

但是，这都是近时的话。再一回忆，我的仇猫却远在能够说出这些理由之前，也许是还在十岁上下的时候了。至今还分明记得，那原因是极其简单的：只因为它吃老鼠，——吃了我饲养着的可爱的小小的隐鼠。

听说西洋是不很喜欢黑猫的，不知道可确；但 Edgar Allan Poe

的小说里的黑猫，却实在有点骇人。日本的猫善于成精，传说中的"猫婆"，那食人的惨酷确是更可怕。中国古时候虽然曾有"猫鬼"，近来却很少听到猫的兴妖作怪，似乎古法已经失传，老实起来了。只是我在童年，总觉得它有点妖气，没有什么好感。那是一个我的幼时的夏夜，我躺在一株大桂树下的小板桌上乘凉，祖母摇着芭蕉扇坐在桌旁，给我猜谜，讲故事。忽然，桂树上沙沙地有趾爪的爬搔声，一对闪闪的眼睛在暗中随声而下，使我吃惊，也将祖母讲着的话打断，另讲猫的故事了——

"你知道么？猫是老虎的先生。"她说。"小孩子怎么会知道呢，猫是老虎的师父。老虎本来是什么也不会的，就投到猫的门下来。猫就教给它扑的方法，捉的方法，吃的方法，像自己的捉老鼠一样。这些教完了；老虎想，本领都学到了，谁也比不过它了，只有老师的猫还比自己强，要是杀掉猫，自己便是最强的脚色了。它打定主意，就上前去扑猫。猫是早知道它的来意的，一跳，便上了树，老虎却只能眼睁睁地在树下蹲着。它还没有将一切本领传授完，还没有教给它上树。"

这是侥幸的，我想，幸而老虎很性急，否则从桂树上就会爬下一匹老虎来。然而究竟很怕人，我要进屋子里睡觉去了。夜色更加黯然；桂叶瑟瑟地作响，微风也吹动了，想来草席定已微凉，躺着也不至于烦得翻来复去了。

几百年的老屋中的豆油灯的微光下，是老鼠跳梁的世界，飘忽地走着，吱吱地叫着，那态度往往比"名人名教授"还轩昂。猫是饲养着的，然而吃饭不管事。祖母她们虽然常恨鼠子们啮破了箱柜，偷吃了东西，我却以为这也算不得什么大罪，也和我不相干，况且这类坏事大概是大个子的老鼠做的，决不能诬陷到我所爱的小鼠身上去。这类小鼠大抵在地上走动，只有拇指那么大，也不很畏惧人，我们那里叫它"隐鼠"，与专住在屋上的伟大者是两种。我的床前就贴着两张花纸，一是"八戒招赘"，满纸长嘴大耳，我以为不甚雅观；别的一张"老鼠成亲"却可爱，自新郎新妇以至傧相，宾客，执事，没有一个不是尖腮细腿，像煞读书人的，但穿的都是红衫绿裤。我想，能举办这样大仪式的，一定只有我所喜欢的那些隐鼠。现在是粗俗了，在路上遇见人类的迎娶仪仗，也不过当作性交的广告看，不甚留心；但那时的想看"老鼠成亲"的仪式，却极其神往，即使像海昌蒋氏似的连拜三夜，怕也未必会看得心烦。正月十四的夜，是我不肯轻易便睡，等候它们的仪仗从床下出来的夜。然而仍然只看见几个光着身子的隐鼠在地面游行，不像正在办着喜事。直到我熬不住了，怏怏睡去，一睁眼却已经天明，到了灯节了。也许鼠族的婚仪，不但不分请帖，来收罗贺礼，虽是真的"观礼"，也绝对不欢迎的罢，我想，这是它们向来的习惯，无法抗议的。

老鼠的大敌其实并不是猫。春后，你听到它"咋！咋咋咋咋！"地叫着，大家称为"老鼠数铜钱"的，便知道它的可怕的屠伯已经光降了。这声音是表现绝望的惊恐的，虽然遇见猫，还不至于这样叫。猫自然也可怕，但老鼠只要窜进一个小洞去，它也就奈何不得，逃命的机会还很多。独有那可怕的屠伯——蛇，身体是细长的，圆径和鼠子差不多，凡鼠子能到的地方，它也能

　　　　　　　　　　　　　　　朝花夕拾（典藏对照本）

到，追逐的时间也格外长，而且万难幸免，当"数钱"的时候，大概是已经没有第二步办法的了。

有一回，我就听得一间空屋里有着这种"数钱"的声音，推门进去，一条蛇伏在横梁上，看地上，躺着一匹隐鼠，口角流血，但两胁还是一起一落的。取来给躺在一个纸盒子里，大半天，竟醒过来了，渐渐地能够饮食，行走，到第二日，似乎就复了原，但是不逃走。放在地上，也时时跑到人面前来，而且缘腿而上，一直爬到膝髁。给放在饭桌上，便检吃些菜渣，舐舐碗沿；放在我的书桌上，则从容地游行，看见砚台便舐吃了研着的墨汁。这使我非常惊喜了。我听父亲说过的，中国有一种墨猴，只有拇指一般大，全身的毛是漆黑而且发亮的。它睡在笔筒里，一听到磨墨，便跳出来，等着，等到人写完字，套上笔，就舐尽了砚上的余墨，仍旧跳进笔筒里去了。我就极愿意有这样的一个墨猴，可是得不到；问那里有，那里买的呢，谁也不知道。"慰情聊胜无"，这隐鼠总可以算是我的墨猴了罢，虽然它舐吃墨汁，并不一定肯等到我写完字。

现在已经记不分明，这样地大约有一两月；有一天，我忽然感到寂寞了，真所谓"若有所失"。我的隐鼠，是常在眼前游行的，或桌上，或地上。而这一日却大半天没有见，大家吃午饭了，也不见它走出来，平时，是一定出现的。我再等着，再等它一半天，然而仍然没有见。

长妈妈，一个一向带领着我的女工，也许是以为我等得太苦了罢，轻轻地来告诉我一句话。这即刻使我愤怒而且悲哀，决心和猫们为敌。她说：隐鼠是昨天晚上被猫吃去了！

当我失掉了所爱的，心中有着空虚时，我要充填以报仇的恶念！

我的报仇，就从家里饲养着的一匹花猫起手，逐渐推广，至于凡所遇见的诸猫。最先不过是追赶，袭击；后来却愈加巧妙了，能飞石击中它们的头，或诱入空屋里面，打得它垂头丧气。这作战继续得颇长久，此后似乎猫都不来近我了。但对于它们纵使怎样战胜，大约也算不得一个英雄；况且中国毕生和猫打仗的人也未必多，所以一切韬略，战绩，还是全都省略了罢。

但许多天之后，也许是已经经过了大半年，我竟偶然得到一个意外的消息：那隐鼠其实并非被猫所害，倒是它缘着长妈妈的腿要爬上去，被她一脚踏死了。

这确是先前所没有料想到的。现在我已经记不清当时是怎样一个感想，但和猫的感情却终于没有融和；到了北京，还因为它伤害了兔的儿女们，便旧隙夹新嫌，使出更辣的辣手。"仇猫"的话柄，也从此传扬开来。然而在现在，这些早已是过去的事了，我已经改变态度，对猫颇为客气，倘其万不得已，则赶走而已，决不打伤它们，更何况杀害。这是我近几年的进步。经验既多，一旦大悟，知道猫的偷鱼肉，拖小鸡，深夜大叫，人们自然十之九是憎恶的，而这憎恶是在猫身上。假如我出而为人们驱除这憎恶，打伤或杀害了它，它便立刻变为可怜，那憎恶倒移在我身上了。所以，目下的办法，是凡遇猫们捣乱，至于有人讨厌时，我便站出去，在门口大声叱曰："嘘！滚！"小小平静，即回书房，这样，就长保着御侮保家的资格。其实这方法，中国的官兵就常在实做的，他们总不肯扫清土匪或扑灭敌人，因为这么一来，就要不被重视，甚至于因失其用处而被裁汰。我想，如果能将这方法推广应用，我大概也总可望成为所谓"指导青年"的"前辈"的罢，但现下也还未决心实践，正在研究而且推敲。

一九二六年二月二十一日。

解　说

狗

《朝花夕拾》的著作年月是在《彷徨》之后，接下去也想写些衍义的文章，但是翻看一遍，觉得没有什么可说，因为去年所写的《百草园》差不多可以说是《朝花夕拾衍义》，要说的话已有十之八九都写在那里了。话虽如此，遗漏的部分也还有些，就把它写了出来，反正并不多，不再另立题目，附在这里，大概有几节未能预定，也就写到哪里是哪里罢了。

第一篇文章的题目是《狗·猫·鼠》。可是文章的内容实在是说的猫和老鼠，这里和《呐喊》里的那篇《兔和猫》有点关系，著者要说明他的"仇猫"的原因，但是描写的重心却还是落在老鼠的身上。至于狗，那实在是陪客，恐怕因了那张打落水狗图而引出来的。这与本题本文没有多大关系，但在著者写本文的那时候却是很有意义，我们在这里不得不费点工夫来略为说明一下。一九二五年秋天，许寿裳辞了北京女师大校长之职，推荐杨荫榆继任，因为听说她是个教育专家，美国留学回来的，可是与学生们相处得很不好，为她们所反对，她也不肯干休，相持不下。教员方面听到校长高压的手段感觉不满，鲁迅等人便在《语丝》周刊上有些批评的文字，在那一方面有"研究系"的《晨报》和北大一部分教授所办的《现代评论》出来对敌，成为一个长时期的

　　　　　　　　　　　朝花夕拾（典藏对照本）

争斗。办《现代评论》的人都是留英美学生，大部分住在东吉祥胡同，在北大称为"东吉祥系"，在刊物上的代言人则是陈源教授，他用西滢的笔名，每期在《闲话》的总题下，冷嘲热讽，旁敲侧击的说话。他所说的很多，最有名的是说女师大风潮有教员在内挑拨，却说是"挑剔风潮"，这已成为典型的警句了。《晨报》则天天给"东吉祥系"鼓吹，说有许多正人君子，名人名教授，组织公理维持会，主持正义，拥护杨校长，这些文句后来也常见于鲁迅的文章中，也有古典的性质了。杨荫榆去职后，有人劝告停止论争，鲁迅却主张要彻底的干，便是落水狗也还要打，因为以前曾比那些名人为叭儿狗，所以这话说得有点双关，有人还画为漫画，登在《语丝》上面。这回讲猫而连带的说狗，也就是个方便，来发挥一通意见，在别篇中也是常常可以见到的。

老　鼠

本文说明著者仇猫的原因，即是在于爱老鼠。这里边有几段很好的描写，其一是说花纸上的老鼠的。"我的床前就贴着两张花纸，一是'八戒招赘'，满纸长嘴大耳，我以为不甚雅观；别的一张'老鼠成亲'却可爱，自新郎新妇以至傧相，宾客，执事，没有一个不是尖腮细腿，像煞读书人的，但穿的都是红衫绿裤。我想，能举办这样大仪式的，一定只有我所喜欢的那些隐鼠。"其次是说老鼠数铜钱的事。"老鼠的大敌其实并不是猫。春后，你听到它'咋！咋咋咋咋！'地叫道，大家称为'老鼠数铜钱'的，便知道它的可怕的屠伯已经光降了。这声音是表现绝望的惊恐的，虽然遇见猫，还不至于这样叫。"说也奇怪，老鼠遇见猫还会得逃跑，一看见蛇却震惊失常，欲走不能，欲叫不得，故急迫而咋咋（即是吱吱的入声）作声，犹人之口吃，只是竦立着，旋即被蛇所缠束住了。俞曲园在《茶香室续钞》中也说及鼠数钱，云俗云"朝闻之为数出，主耗财；暮闻之为数入，主聚财"，似不知此乃是它的绝命的悲号似的。中国旧日通行铜钱，交付时必须计数，除一五一十罗列几案或地上之外，大抵两手持数，亦以五文为一注，自右至左，钱相触有声，说及数钱便各意会，今铜钱已尽废，便比较的费解了。所说驯养隐鼠原系事实，但本文中说先听见它的数钱声则属于诗化分子，因为会得咋咋的叫乃是"大个子的老鼠"的事，那只有拇指那么大的是不可能那样发出大声来的。而且说大个子啮破了箱柜，偷吃了东西，不是小鼠的事，这也不全与事实相符，那种隐鼠虽是样子可爱，毁坏物件也很利害，只是不能厉声咬木头而已。这又名"二十日鼠"，有地方相信它怀胎四星期就生产，一年里生四五窠，繁殖力很强，实在也是害虫之一。这在古书上称为"鼷鼠"，又称"甘口鼠"，啮人有毒，可是不觉得痛，现在已无此名，但人夜中偶被鼠咬，可能就是它们所干的事。

（《鲁迅小说里的人物·彷徨衍义》）

阿长与《山海经》

　　长妈妈，已经说过，是一个一向带领着我的女工，说得阔气一点，就是我的保姆。我的母亲和许多别的人都这样称呼她，似乎略带些客气的意思。只有祖母叫她阿长。我平时叫她"阿妈"，连"长"字也不带；但到憎恶她的时候，——例如知道了谋死我那隐鼠的却是她的时候，就叫她阿长。

　　我们那里没有姓长的；她生得黄胖而矮，"长"也不是形容词。又不是她的名字，记得她自己说过，她的名字是叫作什么姑娘的。什么姑娘，我现在已经忘却了，总之不是长姑娘；也终于不知道她姓什么。记得她也曾告诉过我这个名称的来历：先前的先前，我家有一个女工，身材生得很高大，这就是真阿长。后来她回去了，我那什么姑娘才来补她的缺，然而大家因为叫惯了，没有再改口，于是她从此也就成为长妈妈了。

　　虽然背地里说人长短不是好事情，但倘使要我说句真心话，我可只得说：我实在不大佩服她。最讨厌的是常喜欢切切察察，向人们低声絮说些什么事，还竖起第二个手指，在空中上下摇动，或者点着对手或自己的鼻尖。我的家里一有些小风波，不知怎的我总疑心和这"切切察察"有些关系。又不许我走动，拔一株草，翻一块石头，就说我顽皮，要告诉我的母亲去了。一到夏天，睡觉时她又伸开两脚两手，在床中间摆成一个"大"字，挤得我没有余地翻身，久睡在一角的席子上，又已经烤得那么热。推她呢，不动；叫她呢，也不闻。

"长妈妈生得那么胖，一定很怕热罢？晚上的睡相，怕不见得很好罢？……"

母亲听到我多回诉苦之后，曾经这样地问过她。我也知道这意思是要她多给我一些空席。她不开口。但到夜里，我热得醒来的时候，却仍然看见满床摆着一个"大"字，一条臂膊还搁在我的颈子上。我想，这实在是无法可想了。

但是她懂得许多规矩；这些规矩，也大概是我所不耐烦的。一年中最高兴的时节，自然要数除夕了。辞岁之后，从长辈得到压岁钱，红纸包着，放在枕边，只要过一宵，便可以随意使用。睡在枕上，看着红包，想到明天买来的小鼓，刀枪，泥人，糖菩萨……。然而她进来，又将一个福橘放在床头了。

"哥儿，你牢牢记住！"她极其郑重地说。"明天是正月初一，清早一睁开眼睛，第一句话就得对我说：'阿妈，恭喜恭喜！'记得么？你要记着，这是一年的运气的事情。不许说别的话！说过之后，还得吃一点福橘。"她又拿起那橘子来在我的眼前摇了两摇，"那么，一年到头，顺顺流流……。"

梦里也记得元旦的，第二天醒得特别早，一醒，就要坐起来。她却立刻伸出臂膊，一把将我按住。我惊异地看她时，只见她惶急地看着我。

她又有所要求似的，摇着我的肩。我忽而记得了——

"阿妈，恭喜……。"

"恭喜恭喜！大家恭喜！真聪明！恭喜恭喜！"她于是十分喜欢似的，笑将起来，同时将一点冰冷的东西，塞在我的嘴里。我大吃一惊之后，也就忽而记得，这就是所谓福橘，元旦辟头的磨难，总算已经受完，可以下床玩耍去了。

她教给我的道理还很多，例如说人死了，不该说死掉，必须说"老掉了"；死了人，生了孩子的屋子里，不应该走进去；饭粒落在地上，必须拣起来，最好是吃下去；晒裤子用的竹竿底下，是万不可钻过去的……。此外，现在大抵忘却了，只有元旦的古怪仪式记得最清楚。总之：都是些烦琐之至，至今想起来还觉得非常麻烦的事情。

然而我有一时也对她发生过空前的敬意。她常常对我讲"长毛"。她之所谓"长毛"者，不但洪秀全军，似乎连后来一切土匪强盗都在内，但除却革命党，因为那时还没有。她说得长毛非常可怕，他们的话就听不懂。她说先前长毛进城的时候，我家全都逃到海边去了，只留一个门房和年老的煮饭老妈子看家。后来长毛果然进门来了，那老妈子便叫他们"大王"，——据说对长毛就应该这样叫，——诉说自己的饥饿。长毛笑道："那么，这东西就给你吃了罢！"将一个圆圆的东西掷了过来，还带着一条小辫子，正是那门房的头。煮饭老妈子从此就骇破了胆，后来一提起，还是立刻面如土色，自己轻轻地拍着胸脯道："阿呀，骇死我了，骇死我了……。"

我那时似乎倒并不怕，因为我觉得这些事和我毫不相干的，我不是一个门房。但她大概也即觉到了，说道："像你似的小孩子，长毛也要掳的，掳去做小长毛。还有好看的姑娘，也要掳。"

"那么，你是不要紧的。"我以为她一定最安全了，既不做门房，又不是小孩子，也生得不好看，况且颈子上还有许多灸疮疤。

"那里的话？！"她严肃地说。"我们就没有用么？我们也要被掳去。城外有兵来攻的时候，长毛就叫我们脱下裤子，一排一排地站在城墙上，外面的大炮就放不出来；再要放，就炸了！"

这实在是出于我意想之外的，不能不惊异。我一向只以为她满肚子是麻烦的礼节罢了，却不料她还有这样伟大的神力。从此对于她就有了特别的敬意，似乎实在深不可测；夜间的伸开手脚，占领全床，那当然是情有可原的了，倒应该我退让。

这种敬意，虽然也逐渐淡薄起来，但完全消失，大概是在知道她谋害了我的隐鼠之后。那时就极严重地诘问，而且当面叫她阿长。我想我又不真做小长毛，不去攻城，也不放炮，更不怕炮炸，我惧惮她什么呢！

但当我哀悼隐鼠，给它复仇的时候，一面又在渴慕着绘图的《山海经》了。这渴慕是从一个远房的叔祖惹起来的。他是一个胖胖的，和蔼的老人，爱种一点花木，如珠兰，茉莉之类，还有极其少见的，据说从北边带回去的马缨花。他的太太却正相反，什么也莫名其妙，曾将晒衣服的竹竿搁在珠兰的枝条上，枝折了，还要愤愤地咒骂道："死尸！"这老人是个寂寞者，因为无人可谈，就很爱和孩子们往来，有时简直称我们为"小友"。在我们聚族而居的宅子里，只有他书多，而且特别。制艺和试帖诗，自然也是有的；但我却只在他的书斋里，看见过陆玑的《毛诗草木鸟兽虫鱼疏》，还有许多名目很生的书籍。我那时最爱看的是《花镜》，上面有许多图。他说给我听，曾经有过一部绘图的《山海经》，画着人面的兽，九头的蛇，三脚的鸟，生着翅膀的人，没有头而以两乳当作眼睛的怪物，……可惜现在不知道放在那里了。

我很愿意看看这样的图画，但不好意思力逼他去寻找，他是很疏懒的。问别人呢，谁也不肯真实地回答我。压岁钱还有几百文，买罢，又没有好机会。有书买的大街离我家远得很，我一年中只能在正月间去玩一趟，那时候，两家书店都紧紧地关着门。

玩的时候倒是没有什么的，但一坐下，我就记得绘图的《山海经》。

大概是太过于念念不忘了，连阿长也来问《山海经》是怎么一回事。这是我向来没有和她说过的，我知道她并非学者，说了也无益；但既然来问，也就都对她说了。

过了十多天，或者一个月罢，我还很记得，是她告假回家以后的四五天，她穿着新的蓝布衫回来了，一见面，就将一包书递给我，高兴地说道：

"哥儿，有画儿的'三哼经'，我给你买来了！"

我似乎遇着了一个霹雳，全体都震悚起来；赶紧去接过来，打开纸包，是四本小小的书，略略一翻，人面的兽，九头的蛇，……果然都在内。

这又使我发生新的敬意了，别人不肯做，或不能做的事，她却能够做成功。她确有伟大的神力。谋害隐鼠的怨恨，从此完全消灭了。

这四本书，乃是我最初得到，最为心爱的宝书。

书的模样，到现在还在眼前。可是从还在眼前的模样来说，却是一部刻印都十分粗拙的本子。纸张很黄；图像也很坏，甚至于几乎全用直线凑合，连动物的眼睛也都是长方形的。但那是我最为心爱的宝书，看起来，确是人面的兽；九头的蛇；一脚的牛；袋子似的帝江；没有头而"以乳为目，以脐为口"，还要"执干戚而舞"的刑天。

此后我就更其搜集绘图的书，于是有了石印的《尔雅音图》和《毛诗品物图考》，又有了《点石斋丛画》和《诗画舫》。《山海经》也另买了一部石印的，每卷都有图赞，绿色的画，字是红的，比那木刻的精致得多了。这一部直到前年还在，是缩印的郝懿行疏。木刻的却已经记不清是什么时候失掉了。

我的保姆，长妈妈即阿长，辞了这人世，大概也有了三十年了罢。我终于不知道她的姓名，她的经历；仅知道有一个过继的儿子，她大约是青年守寡的孤孀。

仁厚黑暗的地母呵，愿在你怀里永安她的魂灵！

三月十日。

解　说

阿长与山海经

　　关于阿长即长妈妈的事情，本文中说的很详细了，因为自从有知识以来我便跟着祖母，住在小堂前的东偏房内，和她一直是隔绝的，所以没有什么话可以补充来说。我于戊戌（一八九八年）夏从杭州回家，至辛丑（一九〇一年）秋往南京，在乡下一直住了三年间，己亥四月长妈妈因发癫痫卒于舟中，我都在场，这些事已另行记下，收在《百草园》里了。那木刻小本的《山海经》的确是她所送的，年代当然不能确说，可是也约略可以推得出来。本文中说这在隐鼠事件以后，但实在恐怕还在以前，因为驯养隐鼠是在癸巳（一八九三年）的次年，时代不很早了。小堂前以西的前后房原是伯宜公的住处，癸巳春介孚公丁忧回家，这才让出来给他，伯宜公自己移到东偏的末一间里去了。未几介孚公因科场事下狱，潘姨太太和介孚公的次子伯升也搬到杭州了，这大概是次年甲午的事，那房间便空闲着，鲁迅在那朝北的后房窗下放了一张桌子，放学回来去闲坐一会，养隐鼠就是在那里，这记忆很是明了，所以这事总不能比甲午更早。那时他已在三味书屋读书，也已从舅父家寄食回来，描画过《荡寇志》绣像，在那里见到了石印《毛诗品物图考》，不久也去从墨润堂书坊买了来，论年纪也已是十四岁了。那木刻小本的《山海经》，如本文所说，

"这四本书，乃是我最初得到，最为心爱的宝书"，这完全是对的，但这时期应该很早，大概在十岁内外才对。著者因为上文有那隐鼠事件，这里便连在一起，这大抵是无意或有意的诗化，《小引》中说与实际容或有些不同，正是很可能的。

山海经与玉田

本文中说自己渴慕着绘图的《山海经》，这渴慕是从一个远房的叔祖惹起来的。"他是一个胖胖的，和蔼的老人，爱种一点花木，如珠兰，茉莉之类，还有极其少见的，据说从北边带回去的马缨花。他的太太却正相反，什么也莫名其妙，曾将晒衣服的竹竿搁在珠兰的枝条上，枝折了，还要愤愤地咒骂道：'死尸！'（这是乡下女人骂人的常用语。）这老人是个寂寞者，因为无人可谈，就很爱和孩子们往来，有时简直称我们为'小友'。在我们聚族而居的宅子里，只有他书多，而且特别。制艺和试帖诗，自然也是有的；但我却只在他的书斋里，看见过陆玑的《毛诗草木鸟兽虫鱼疏》，还有许多名目很生的书籍。我那时最爱看的是《花镜》，上面有许多图。他说给我听，曾经有过一部绘图的《山海经》，画着人面的兽，九头的蛇，三脚的鸟，生着翅膀的人，没有头而以两乳当作眼睛的怪物，……可惜现在不知道放在哪里了。"上边所说的人是实在的，他属于致派下的仁房，与介孚公是同曾祖的兄弟行，小名蓝，鲁迅一辈称他为蓝爷爷，名兆蓝，字玉田，是个秀才，后来改从介孚公的"清"字排行，易名瀚清，字玉泉，别字琴逸，于戊戌夏病卒。他给予鲁迅的影响大概是很不小的，这里虽然说的只是关于图画的，但这也就延长及于一般书籍，由《点石斋丛画》和《诗画舫》，由《尔雅音图》和《毛诗品物图考》，不久转为《二酉堂丛书》和《六朝事迹类编》等了。玉田的遗书现在只有一部小本《日知录集释》，一册鲁迅手抄的《鉴湖竹枝词》，末尾小字写着"侄孙樟寿谨录"，可以知道他对于这老人的敬意，虽然在前一年丁酉催他在笔据上画花押（见《孤独者》第二节）的本来也就是这人，这时候似乎也暂时付之不论了。

（《鲁迅小说里的人物·彷徨衍义》）

阿长的结局

顺便来一讲阿长的死吧。长妈妈只是许多旧式女人中的一个，做了一辈子的老妈子（乡下叫作"做妈妈"），平常也不回家去，直到了临死，或者就死在主人家里。她的故事详细的写在《朝花夕拾》的头两篇里，差不多已经因了《山海经》而可以不朽了，那里的缺点是没有说到她的下落，在末后一节里说：

"我的保姆，长妈妈即阿长，辞了这人世，大概也有了三十年了吧。我终于不知道她的姓名，她的经历；仅知道有一个过继的儿子，她大约是青年守寡的孤孀。"这篇文章是一九二六年所写的，阿长死于光绪己亥即一八九九年，年代也差不多少，那时我在乡下，在日记上查到一两项，可以拿来补充一下。

戊戌（一八九八）年闰三月十一日，鲁迅离家往南京进学堂去。同年十一月初八日，四弟椿寿以急性肺炎病故，年六岁。这在伯宜公去世后才二年，鲁老太太的感伤是可以想象得来的，她叫木匠把隔壁向南挪动，将朝北的后房改作卧室，前房堆放什物，不再进去，一面却叫画师凭空画了一幅小孩的小像，挂在房里。本家的远房妯娌有谦少妈妈，平常同她很谈得来，便来劝慰，可以时常出去看戏排遣。那时只有社戏，雇船可以去看。在日记上己亥三月十三日项下云，"晨乘舟至偏门外看会，下午看戏，十四日早回家。"又四月中云：

"初五日晨，同朱小云兄，子衡伯执叔，利宾兄下舟，往夹塘看戏，平安吉庆班，半夜大雨。"

"初六日雨中放舟至大树港看戏，鸿寿堂徽班，长妈妈发病，辰刻身故，原船送去。"

长妈妈夫家姓余，过继的儿子名五九，是做裁缝的，家住东浦大门溇，与大树港相去不远。那船是一只顶大的"四明瓦"，撑去给她办了几天丧事，大概很花了些钱。日记十一月十五日项下云，"五九来，付洋二十元，伊送大鲢鱼一条，鲫鱼七条，"他是来结算长妈妈的工钱来的，至于一总共付多少，前后日记有断缺，所以说不清楚了。

阿长的结局二

关于前回的事，还有补充说明之必要。那一次看戏接连两天，共有两只大船，男人的一只里的人名已见于日记，那女人坐的一只船还要大些，鲁老太太之外，有谦少奶奶和她的姑蓝太太，她家的茹妈及其女毛姑，蓝太太的内侄女。《朝花夕拾》中曾说及一个远房的叔祖，他是一个胖胖的，和蔼的老人，爱种一点花木，他的太太却正相反，什么也莫名其妙，曾将晒衣服的竹竿搁在珠兰的枝条上，枝折了，还要愤愤地咒骂道，"这死尸！"所说的老人乃是仁房的兆蓝，字玉田，蓝太太即是他的夫人，母家丁家衖朱姓，大儿子小名曰谦，字伯扬，谦少奶奶的母家姓赵，是观音桥的大族，到那时却早已败落了。她因为和鲁老太太很要好，所以便来给鲁迅做媒，要把蓝太太的内侄孙女许给他，那朱小云即是后来的朱夫人的兄弟。长妈妈本来是可以不必去的，反正她不能做什么事，鲁老太太也并不当做用人看待，这回请她来还是有点优待的意思，虽然这种戏文她未必要看。她那时年纪大概也并不怎么大，推想总在五十六十之间吧，平常她有羊癫病即是癫痫，有时要发作，第一次看见了很怕，但是不久就会复原，也都"司空见惯"，不以为意了。不意那天上午在大雨中，她又忽然发作，大家让她躺倒在中舱船板上，等她恢复过来，可是她对了鲁老太太含糊的说了一句，"奶奶，我弗对者！"以后就不再作声，看看真是有点不对了。

大树港是传说上有名的地方，据说小康王被金兵追赶，逃到这里，只见前无去路，正在着急，忽然一棵大树倒了下来，做成桥梁，让他过去，后来这树不知是又复直起，还是掉下水去了。那一天舱位宽畅，戏班又好，大家正预备畅看的时候，想不到这样一来，于是大船的女客只好都归并到这边来，既然拥挤不堪，又都十分扫兴，无心再看好戏，只希望它早点做完，船只可以松动，各自回家，经过这次事件之后，虽然不见得再会有人发羊癫病，但开船看戏却差不多自此中止了。

山海经

如《朝花夕拾》上所说，在玉田老人那里他才见到了些好书。"在我们聚族而居的宅子里，只有他书多，而且特别。制艺和试帖诗，自然也是有的；但我却只在他的书斋里，看见过陆玑的《毛诗草木鸟兽虫鱼疏》，还有许多名目很生的书籍。我那时最爱看的是《花镜》，上面有许多图。他说给我听，曾经有过一部绘图的《山海经》，画着人面的兽，九头的蛇，三脚的鸟，生着翅膀的人，没有头而以两乳当作眼睛的怪物。"但是他自己有书，乃是始于阿长的送他一部《山海经》。《朝花夕拾》上云：

"这四本书，乃是我最初得到，最为心爱的宝书。

"书的模样，到现在还在眼前。可是从还在眼前的模样来说，却是一部刻印都十分粗拙的本子。纸张很黄；图像也很坏，甚至于几乎全用直线凑合，连动物的眼睛也都是长方形的。但那是我最为心爱的宝书，看起来，确是人面的兽；九头的蛇；一脚的牛；袋子似的帝江；没有头而'以乳为目，以脐为口'，还要'执干戚而舞'的刑天。

"此后我就更其搜集绘图的书，于是有了石印的《尔雅音图》和《毛诗品物图考》，又有了《点石斋丛画》和《诗画舫》。《山海经》也另买了一部石印的，……木刻的却已经记不清是什么时候失掉了。"这里说前后两段关系很是明白，阿长的描写最详细，关于玉田虽只是寥寥几行，也充满着怀念之情，如云，"这老人是个寂寞者，因为无人可谈，就很爱和孩子们往来，有时简直称我们为'小友'。"这种情事的确是值得纪念的，可是小时候的梦境，与灰色的实生活一接触就生破绽，丙申年伯宜公去世后，总是在丁酉年中吧，本宅中的族人会议什么问题，长辈硬叫鲁迅署名，他说先要问过祖父才行，就疾言厉色的加以逼迫。这长辈就是那位老人。那时我在杭州不知道这事，后来看他的日记，很有愤怒的话。戊戌六月老人去世，鲁迅已在南京，到了写文章的时候，这事件前后相隔也已有三十多年了。

山海经二

鲁迅与《山海经》的关系可以说很是不浅。第一是这引开了他买书的门，第二是使他了解神话传说，扎下创作的根。这第二点可以拿《故事新编》来做例子，那些故事的成分不一样，结果归到讽刺，中间滑稽与神话那么的调和在一起，那是众所周知的事了。嫦娥奔月已经有人编为连环图画，后羿的太太老是请吃乌鸦炸酱面，逼得她只好吞了仙丹，逃往冰冷的月宫去，看惯了不以为奇，其实如不是把汉魏的神怪故事和现代的科学精神合了起来，是做不成功的。可惜他没有直接利用《山海经》材料，写出夸父逐日来，在他的一路上，遇见那些奇奇怪怪的物事，不但是一脚的牛，形似布袋的帝江，就是贰负之尸，和人首蛇身衣紫衣的山神（虽然蛇身怎么穿紫衣，曾为王崇庆在《山海经释义》中所笑），也都可以收入，好像目连戏中的街坊小景，那当成为一册好玩的书，像《天问图》似的，这在他死后就再也没有人能做或肯做的了。

阿长的《山海经》大概在癸巳年以前，《毛诗品物图考》初次在王府庄看见，所以该是甲午年所买，《尔雅音图》系旧有，不知伯宜公在什么时候买来的。木板大本却是翻刻的《花镜》，从中房族兄寿颐以二百文代价得来，那时他已在三味书屋读书，所以年代也该是甲午吧。此外有图的书先后买来的，有《海仙画谱》、《百将图》、《点石斋丛画》、《诗画舫》、《古今名人画谱》、《海上名人画稿》、《天下名山图咏》、《梅岭百鸟画谱》，都是石印本。又王冶梅的《三十六赏心乐事》，马镜江的《诗中画》，和《农政全书》本的王磐的《野菜谱》，大概因为买不到的缘故，用荆川纸影写，合订成册，可以归在一类。在戊戌前所买的书还有《郑板桥集》、《徐霞客游记》、《阅微草堂笔记》、《淞隐漫录》、影印宋本《唐人合集》、《金石存》、《酉阳杂俎》，这些也都是石印本，只有《徐霞客》是铅印，《酉阳杂俎》是木板翻刻本。书目看去似乎干燥杂乱，但细看都是有道理的，这与后来鲁迅的工作有关联，其余的可惜记不得了，所以不能多举几种出来。

（《鲁迅的故家·百草园》）

《二十四孝图》

　　我总要上下四方寻求，得到一种最黑，最黑，最黑的咒文，先来诅咒一切反对白话，妨害白话者。即使人死了真有灵魂，因这最恶的心，应该堕入地狱，也将决不改悔，总要先来诅咒一切反对白话，妨害白话者。

　　自从所谓"文学革命"以来，供给孩子的书籍，和欧，美，日本的一比较，虽然很可怜，但总算有图有说，只要能读下去，就可以懂得的了。可是一班别有心肠的人们，便竭力来阻遏它，要使孩子的世界中，没有一丝乐趣。北京现在常用"马虎子"这一句话来恐吓孩子们。或者说，那就是《开河记》上所载的，给隋炀帝开河，蒸死小儿的麻叔谋；正确地写起来，须是"麻胡子"。那么，这麻叔谋乃是胡人了。但无论他是甚么人，他的吃小孩究竟也还有限，不过尽他的一生。妨害白话者的流毒却甚于洪水猛兽，非常广大，也非常长久，能使全中国化成一个麻胡，凡有孩子都死在他肚子里。

　　只要对于白话来加以谋害者，都应该灭亡！

　　这些话，绅士们自然难免要掩住耳朵的，因为就是所谓"跳到半天空，骂得体无完肤，——还不肯罢休。"而且文士们一定也要骂，以为大悖于"文格"，亦即大损于"人格"。岂不是"言者心声也"么？"文"和"人"当然是相关的，虽然人间世本来千奇百怪，教授们中也有"不尊敬"作者的人格而不能"不说他的小说好"的特别种族。但这些我都不管，因为我幸而还没有爬上"象牙之塔"去，正无须怎样小心。倘若无意中竟已撞上了，那就即刻跌下来罢。然而在跌下来的中途，当还未到地之前，还要说一遍：

只要对于白话来加以谋害者，都应该灭亡！

每看见小学生欢天喜地地看着一本粗拙的《儿童世界》之类，另想到别国的儿童用书的精美，自然要觉得中国儿童的可怜。但回忆起我和我的同窗小友的童年，却不能不以为他幸福，给我们的永逝的韶光一个悲哀的吊唁。我们那时有什么可看呢，只要略有图画的本子，就要被塾师，就是当时的"引导青年的前辈"禁止，呵斥，甚而至于打手心。我的小同学因为专读"人之初性本善"读得要枯燥而死了，只好偷偷地翻开第一叶，看那题着"文星高照"四个字的恶鬼一般的魁星像，来满足他幼稚的爱美的天性。昨天看这个，今天也看这个，然而他们的眼睛里还闪出苏醒和欢喜的光辉来。

在书塾以外，禁令可比较的宽了，但这是说自己的事，各人大概不一样。我能在大众面前，冠冕堂皇地阅看的，是《文昌帝君阴骘文图说》和《玉历钞传》，都画着冥冥之中赏善罚恶的故事，雷公电母站在云中，牛头马面布满地下，不但"跳到半天空"

是触犯天条的，即使半语不合，一念偶差，也都得受相当的报应。这所报的也并非"睚眦之怨"，因为那地方是鬼神为君，"公理"作宰，请酒下跪，全都无功，简直是无法可想。在中国的天地间，不但做人，便是做鬼，也艰难极了。然而究竟很有比阳间更好的处所：无所谓"绅士"，也没有"流言"。

阴间，倘要稳妥，是颂扬不得的。尤其是常常好弄笔墨的人，在现在的中国，流言的治下，而又大谈"言行一致"的时候。前车可鉴，听说阿尔志跋绥夫曾答一个少女的质问说，"惟有在人生的事实这本身中寻出欢喜者，可以活下去。倘若在那里什么也不见，他们其实倒不如死。"于是乎有一个叫作密哈罗夫的，寄信嘲骂他道，"……所以我完全诚实地劝你自杀来祸福你自己的生命，因为这第一是合于逻辑，第二是你的言语和行为不至于背驰。"

其实这论法就是谋杀，他就这样地在他的人生中寻出欢喜来。阿尔志跋绥夫只发了一大通牢骚，没有自杀。密哈罗夫先生后来不知道怎样，这一个欢喜失掉了，或者另外又寻到了"什么"了罢。诚然，"这些时候，勇敢，是安稳的；情热，是毫无危险的。"

然而，对于阴间，我终于已经颂扬过了，无法追改；虽有"言行不符"之嫌，但确没有受过阎王或小鬼的半文津贴，则差可以自解。总而言之，还是仍然写下去罢：

我所看的那些阴间的图画，都是家藏的老书，并非我所专有。我所收得的最先的画图本子，是一位长辈的赠品：《二十四孝图》。这虽然不过薄薄的一本书，但是下图上说，鬼少人多，又为我一人所独有，使我高兴极了。那里面的故事，似乎是谁都知道的；便是不识字的人，例如阿长，也只要一看图画便能够滔滔地讲出这一段的事迹。但是，我于高兴之余，接着就是扫兴，因为我请人讲完了二十四个故事之后，才知道"孝"有如此之难，对于先前痴心妄想，想做孝子的计划，完全绝望了。

"人之初，性本善"么？这并非现在要加研究的问题。但我还依稀记得，我幼小时候实未尝蓄意忤逆，对于父母，倒是极愿意孝顺的。不过年幼无知，只用了私见来解释"孝顺"的做法，以为无非是"听话"，"从命"，以及长大之后，给年老的父母好好地吃饭罢了。自从得了这一本孝子的教科书以后，才知道并不然，而且还要难到几十几百倍。其中自然也有可以勉力仿效的，如"子路负米"，"黄香扇枕"之类。"陆绩怀橘"也并不难，只要有阔人请我吃饭。"鲁迅先生作宾客而怀橘乎？"我便跪答云，"吾母性之所爱，欲归以遗母。"阔人大佩服，于是孝子就做稳了，也非常省事。"哭竹生笋"就可疑，怕我的精诚未必会这样感动天地。但是哭不出笋来，还不过抛脸而已，一到"卧冰求鲤"，可就有性命之虞了。我乡的天气是温和的，严冬中，水面也只结一层薄冰，即使孩子的重量怎样小，躺上去，也一定哗喇一声，冰破落水，鲤鱼还不及游过来。自然，必须不顾性命，这才孝感神明，会有出乎意料之外的奇迹，但那时我还小，实在不明白这些。

其中最使我不解，甚至于发生反感的，是"老莱娱亲"和"郭巨埋儿"两件事。

我至今还记得，一个躺在父母跟前的老头子，一个抱在母亲手上的小孩子，是怎样地使我发生不同的感想呵。他们一手都拿着"摇咕咚"。这玩意儿确是可爱的，北京称为小鼓，盖即鼗也，朱熹曰，"鼗，小鼓，两旁有耳；持其柄而摇之，则旁耳还自击，"咕咚咕咚地响起来。然而这东西是不该拿在老莱子手里的，他应该扶一枝拐杖。现在这模样，简直是装佯，侮辱了孩子。我没有再看第二回，一到这一叶，便急速地翻过去了。

那时的《二十四孝图》，早已不知去向了，目下所有的只是一本日本小田海僊所画的本子，叙老莱子事云，"行年七十，言不称老，常著五色斑斓之衣，为婴儿戏于亲侧。又常取水上堂，诈跌仆地，作婴儿啼，以娱亲意。"大约旧本也差不多，而招我反感的便是"诈跌"。无论忤逆，无论孝顺，小孩子多不愿意"诈"作，听故事也不喜欢是谣言，这是凡有稍稍留心儿童心理的都知道的。

然而在较古的书上一查，却还不至于如此虚伪。师觉授《孝子传》云，"老莱子……常著斑斓之衣，为亲取饮，上堂脚跌，恐伤父母之心，僵仆为婴儿啼。"（《太平御览》四百十三引）较之今说，似稍近于人情。不知怎地，后之君子却一定要改得他"诈"起来，心里才能舒服。邓伯道弃子救侄，想来也不过"弃"而已矣，昏妄人也必须说他将儿子捆在树上，使他追不上来才肯歇手。正如将"肉麻当作有趣"一般，以不情为伦纪，诬蔑了古人，教坏了后人。老莱子即是一例，道学先生以为他白璧无瑕时，他却已在孩子的心中死掉了。

至于玩着"摇咕咚"的郭巨的儿子，却实在值得同情。他被抱在他母亲的臂膊上，高高兴兴地笑着；他的父亲却正在掘窟窿，要将他埋掉了。说明云，"汉郭巨家贫，有子三岁，母尝减食与之。巨谓妻曰，贫乏不能供母，子又分母之食。盍埋此子？"但是刘向《孝子传》所说，却又有些不同：巨家是富的，他都给了两弟；孩子是才生的，并没有到三岁。结末又大略相像了，"及掘坑二尺，得黄金一釜，上云：天赐郭巨，官不得取，民不得夺！"

我最初实在替这孩子捏一把汗，待到掘出黄金一釜，这才觉得轻松。然而我已经不但自己不敢再想做孝子，并且怕我父亲去做孝子了。家景正在坏下去，常听到父母愁柴米；祖母又老了，倘使我的父亲竟学了郭巨，那么，该埋的不正是我么？如果一丝不走样，也掘出一釜黄金来，那自然是如天之福，但是，那时我虽然年纪小，似乎也明白天下未必有这样的巧事。

现在想起来，实在很觉得傻气。这是因为现在已经知道了这些老玩意，本来谁也不实行。整饬伦纪的文电是常有的，却很少见绅士赤条条地躺在冰上面，将军跳下汽车去负米。何况现在早长大了，看过几部古书，买过几本新书，什么《太平御览》咧，《古孝子传》咧，《人口问题》咧，《节制生育》咧，《二十世纪是儿童的世界》咧，可以抵抗被埋的理由多得很。不过彼一时，此一时，彼时我委实有点害怕：掘好深坑，不见黄金，连"摇咕咚"一同埋下去，盖上土，踏得实实的，又有什么法子可想呢。我想，事情虽然未必实现，但我从此总怕听到我的父母愁穷，怕看见我的白发的祖母，总觉得她是和我不两立，至少，也是一个和我的生命有些妨碍的人。后来这印象日见其淡了，但总有一些留遗，

　　　　　　　　　　　　　　　朝花夕拾（典藏对照本）

一直到她去世——这大概是送给《二十四孝图》的儒者所万料不到的罢。

五月十日。

解　说

摇咕咚

　　《二十四孝图》这篇文章批评了这本荞书，如用了俞理初的话来说，乃是愚儒与酷儒的著作，但在中国过去却是教孝的经典，说是"有朱文公之称的"朱熹所编定的。著者重重的打击了老莱娱亲和郭巨埋儿这两件事，特别和图画连起来说，我们现在也只就这一点来谈一下吧。郭巨的不近人情，从前也有人批评过，老莱子在古书上只说是为亲取饮，上堂脚跌，恐伤父母之心，僵仆为婴儿啼，后人变本加厉，却说他是诈跌仆地，不但诈伪不道德，也实在很是肉麻。可是凑巧，在这两幅图画上有一个共同之点。"我至今还记得，一个躺在父母跟前的老头子，一个抱在母亲手上的小孩子，是怎样地使我发生不同的感想呵。他们一手都拿着'摇咕咚'。这玩意儿确是可爱的，北京称为小鼓，盖即鼗也，朱熹曰：'鼗，小鼓，两旁有耳，持其柄而摇之，则两耳还自击，'咕咚咕咚地响起来。然而这东西是不该拿在老莱子手里的，他应该扶一枝拐杖。现在这模样，简直是装佯，侮辱了孩子。我没有再看第二回，一到这一叶，便急速地翻过去了。"摇咕咚是乡下小孩的玩具，这是很普通的东西，大概各地方都有，一定也有很好的名字，就只可惜我不知道，也要怪古来拿笔杆的多是正统文人，不曾给我们记录一点下来。小时候在书房里读《论语》，至

《微子第十八》太师挚适齐这一章，一大班乐官风流云散，大有寂寞之感，可是在"播鼗武，入于汉"之下，读朱注那一段，又不禁微笑，因为那里解释摇咕咚形容得恰好，虽然平常不喜欢朱文公，这里也不无好感了。著者特地引他那一段注，大抵也是这个意思。但是这里我们却是有点上了当了。因为那几句原来是宋初邢昺的《论语疏》的话，他其实还是从汉末郑玄的《周礼注》里抄来的。上文只说到老莱子，还有郭巨的那一张画，本文云："至于玩着'摇咕咚'的郭巨的儿子，却实在值得同情。他被抱在他母亲的臂膊上，高高兴兴地笑着；他的父亲却正在掘窟窿，要将他埋掉了。"下文固然是"及掘坑二尺，得黄金一釜，上云'天赐郭巨'"，但也可能是什么都不见，结果是"连'摇咕咚'一同埋下去，盖上土，踏得实实的，又有什么法子可想呢？"这两件可以说是摇咕咚的悲剧和喜剧，想起来实在是很有意义的，就只是以前少有人注意罢了。

（《鲁迅小说里的人物·彷徨衍义》）

《二十四孝图》

五猖会

孩子们所盼望的，过年过节之外，大概要数迎神赛会的时候了。但我家的所在很偏僻，待到赛会的行列经过时，一定已在下午，仪仗之类，也减而又减，所剩的极其寥寥。往往伸着颈子等候多时，却只见十几个人抬着一个金脸或蓝脸红脸的神像匆匆地跑过去。于是，完了。

我常存着这样的一个希望：这一次所见的赛会，比前一次繁盛些。可是结果总是一个"差不多"；也总是只留下一个纪念品，就是当神像还未抬过之前，化一文钱买下的，用一点烂泥，一点颜色纸，一枝竹签和两三枝鸡毛所做的，吹起来会发出一种刺耳的声音的哨子，叫作"吹都都"的，咇咇地吹它两三天。

现在看看《陶庵梦忆》，觉得那时的赛会，真是豪奢极了，虽然明人的文章，怕难免有些夸大。因为祷雨而迎龙王，现在也还有的，但办法却已经很简单，不过是十多人盘旋着一条龙，以及村童们扮些海鬼。那时却还要扮故事，而且实在奇拔得可观。他记扮《水浒传》中人物云："……于是分头四出，寻黑矮汉，寻梢长大汉，寻头陀，寻胖大和尚，寻苗壮妇人，寻姣长妇人，寻青面，寻歪头，寻赤须，寻美髯，寻黑大汉，寻赤脸长须。大索城中；无，则之郭，之村，之山僻，之邻府州县。用重价聘之，得三十六人，梁山泊好汉，个个呵活，臻臻至至，人马称娖而行。……"这样的白描的活古人，谁能不动一看的雅兴呢？可惜这种盛举，早已和明社一同消灭了。

赛会虽然不像现在上海的旗袍，北京的谈国事，为当局所禁止，然而妇孺们是不许看的，读书人即所谓士子，也大抵不肯赶去看。只有游手好闲的闲人，这才跑到庙前或衙门前去看热闹；我关于赛会的知识，多半是从他们的叙述上得来的，并非考据家所贵重的"眼学"。然而记得有一回，也亲见过较盛的赛会。开首是一个孩子骑马先来，称为"塘报"；过了许久，"高照"到了，长竹竿揭起一条很长的旗，一个汗流浃背的胖大汉用两手托着；他高兴的时候，就肯将竿头放在头顶或牙齿上，甚而至于鼻尖。其次是所谓"高跷"，"抬阁"，"马头"了；还有扮犯人的，红衣枷锁，内中也有孩子。我那时觉得这些都是有光荣的事业，与闻其事的即全是大有运气的人，——大概羡慕他们的出风头罢。我想，我为什么不生一场重病，使我的母亲也好到庙里去许下一个"扮犯人"的心愿的呢？ ……然而我到现在终于没有和赛会发生关系过。

要到东关看五猖会去了。这是我儿时所罕逢的一件盛事。因为那会是全县中最盛的会，东关又是离我家很远的地方，出城还有六十多里水路，在那里有两座特别的庙。一是梅姑庙，就是《聊斋志异》所记，室女守节，死后成神，却篡取别人的丈夫的；现在神座上确塑着一对少年男女，眉开眼笑，殊与"礼教"有妨。

其一便是五猖庙了，名目就奇特。据有考据癖的人说：这就是五通神。然而也并无确据。神像是五个男人，也不见有什么猖獗之状；后面列坐着五位太太，却并不"分坐"，远不及北京戏园里界限之谨严。其实呢，这也是殊与"礼教"有妨的，——但他们既然是五猖，便也无法可想，而且自然也就"又作别论"了。

因为东关离城远，大清早大家就起来。昨夜预定好的三道明瓦窗的大船，已经泊在河埠头，船椅，饭菜，茶炊，点心盒子，都在陆续搬下去了。我笑着跳着，催他们要搬得快。忽然，工人的脸色很谨肃了，我知道有些蹊跷，四面一看，父亲就站在我背后。

"去拿你的书来。"他慢慢地说。

这所谓"书"，是指我开蒙时候所读的《鉴略》，因为我再没有第二本了。我们那里上学的岁数是多拣单数的，所以这使我记住我其时是七岁。

我忐忑着，拿了书来了。他使我同坐在堂中央的桌子前，教我一句一句地读下去。我担着心，一句一句地读下去。

两句一行，大约读了二三十行罢，他说：

"给我读熟。背不出，就不准去看会。"

他说完，便站起来，走进房里去了。

我似乎从头上浇了一盆冷水。但是，有什么法子呢？自然是读着，读着，强记着，——而且要背出来。

> 粤自盘古，生于太荒，
>
> 首出御世，肇开混茫。

就是这样的书，我现在只记得前四句，别的都忘却了；那时所强记的二三十行，自然也一齐忘却在里面了。记得那时听人说，读《鉴略》比读《千字文》,《百家姓》有用得多，因为可以知道从古到今的大概。知道从古到今的大概，那当然是很好的，然而我一字也不懂。"粤自盘古"就是"粤自盘古"，读下去，记住它，"粤自盘古"呵！"生于太荒"呵！……

应用的物件已经搬完，家中由忙乱转成静肃了。朝阳照着西墙，天气很清朗。母亲，工人，长妈妈即阿长，都无法营救，只默默地静候着我读熟，而且背出来。在百静中，我似乎头里要伸出许多铁钳，将什么"生于太荒"之流夹住；也听到自己急急诵读的声音发着抖，仿佛深秋的蟋蟀，在夜中鸣叫似的。

他们都等候着；太阳也升得更高了。

我忽然似乎已经很有把握，便即站了起来，拿书走进父亲的书房，一气背将下去，梦似的就背完了。

"不错。去罢。"父亲点着头，说。

大家同时活动起来，脸上都露出笑容，向河埠走去。工人将我高高地抱起，仿佛在祝贺我的成功一般，快步走在最前头。

我却并没有他们那么高兴。开船以后，水路中的风景，盒子里的点心，以及到了东关的五猖会的热闹，对于我似乎都没有什么大意思。

直到现在，别的完全忘却，不留一点痕迹了，只有背诵《鉴略》这一段，却还分明如昨日事。

我至今一想起，还诧异我的父亲何以要在那时候叫我来背书。

五月二十五日。

解　说

东　关

　　五猖会究竟是怎么一回事，我全不知道，只知道东关地方有五猖庙，一年要有一回迎会，非常热闹。东关在东郭门外，离城七十里，在运河的东头，只隔十里便是曹娥，过江是上虞县界了。往这样远隔的地方，花费三两天工夫，雇了船只，备了伙食，前去看会，是不大可能的事，但这一回却是特别的，因为有特别的机缘。著者的小姑母就是祖母蒋太君的女儿，嫁在东关金家，有一年来叫她内侄去看五猖会，所以能够去，年代也约略可以有个估计。她生于同治戊辰（一八六八年），在光绪壬辰（一八九二年）生了一个女儿，于甲午（一八九四年）去世。出嫁年分大概是在己丑或庚寅，因为她人很和蔼，内侄们非常喜欢她，在她上轿的时候他们还嚷着要跟了去，这事我后来记忆着，因此推算那时总该有六七岁了吧。若是己丑，可能庚寅来邀看会去，那时鲁迅当是十岁，本文说是七岁的时候，那该是丁亥年，她出嫁当是前一年丙戌，那么我还不到满两岁，便不可能有什么记忆留存下来了。我们可以推想，本文那么说乃是为得背诵《鉴略》的方便，因为那"粤自盘古生于太荒"很是好玩，十岁时便至少读的是《论语》了。还有一层，去看会的只是鲁迅一人，七岁的时候也便不可能，乡下一般家风到出嫁的女儿家去的只有兄弟最是合法，自然内侄也行，至于乡下亲妈上城里，或是翻转过去，都是有点可笑，那时伯宜公既然不去，去的自然只是他和长妈妈或是闰土的父亲而已。本文说船椅、饭菜、茶炊、点心盒子，都搬下船去，好像是准备阖家去看的样子，实在只是要写得热闹，后面也就没有提及了。背书这一节是事实，但即此未可断定伯宜公教读的严格，他平常对于功课监督得并不紧，这一回只是例外，虽然他的意思未能明了。

迎 会

本文中关于五猖会的情形什么也没有写，但是在前面却说到普通的迎会，这大概就是在东昌坊口所看见的。"开首是一个孩子骑马先来，称为'塘报'，过了许久，'高照'到了，长竹竿揭起一条很长的旗，一个汗流浃背的胖大汉用两手托着，他高兴的时候，就肯将竿头放在头顶或牙齿上，甚而至于鼻尖。其次是所谓'高跷'、'抬阁'、'马头'了，还有扮犯人的，红衣枷锁，内中也有孩子。"这里可以略加补充。诸神照例定期出巡，大约以夏秋间为多，通称迎会，出巡者普通是东岳、城隍、张老相公即海神，但有时也有佛教方面的，如观音菩萨。迎会之日，在城内先挨家分神马，午后各铺户于门口设香烛以俟。会伙最先为开道的锣与头牌，次为"塘报"，继以"高照"即大纛，高可二三丈，用绸缎刺绣，中贯大毛竹，一人持之行，四周有多人拉纤或执叉随护，重量当有百余斤，而持者自若，时或游戏，放着肩际以至鼻上，称为"嬉高照"。有"黄伞"制亦极华丽，不必尽是黄色，但世俗如此称呼，此与"高照"同，无定数，以多为贵。次有音乐队，名曰"大敲棚"，木棚雕镂如床，上有顶，四周有帘幔、流苏，棚四角有人肩舁以行，乐人在内亦且走且奏乐，乐器均缚置棚中。昔时有"马上十番"，似早已不用，未曾见过。有"高跷"，略与他处相同，所扮有滚凳、活捉张三，皆可笑，又有送夜头一场，一人持桄筛，上列烛台酒饭碗，无常鬼随之。无常鬼有二人，一即活无常，白衣高冠，草鞋持破芭蕉扇；一即死有分，如《玉历钞传》所记，民间则称之曰死无常。活无常在这里乃有家属，其一曰活无常嫂嫂，白衣敷脂粉，为一年青女人，其一曰阿领，云是拖油瓶也，即再醮妇前夫之子，而其衣服容貌乃与活无常一律，但年岁小耳。此一行即不在街心演作追逐，只迤逦行来，亦令观者不禁失笑。抬阁饰小儿女扮戏曲故事，或坐或立，抬之而行，又有骑马上者，古时皆以成人扮演，后来则只用少年男女，大抵多是吏胥及商家，各以衣服装饰相炫耀，旧家子女少有参加者。若出巡者为东岳或城隍，乃有扮犯人者，但据范寅《越谚》所说，似在张老相公出巡时亦有之。随后乃是"提炉队"，多人着吏服提香炉，焚檀香，神像即继至，坐显轿，从者擎遮阳掌扇，两旁有人随行，以大鹅毛扇为神招风。神像过时，妇孺皆膜拜，老妪或念诵祈祷，余人但平视而已；其后有人复收神马去，殆将聚而焚送，至此而迎会的事就完毕了。上文是十年前所写《关于祭神迎会》中的一节，后面说到水乡的划龙船，是那里迎会的重要节目，因为与本文无关，所以也就略掉了。

（《鲁迅小说里的人物·彷徨衍义》）

无　常

　　迎神赛会这一天出巡的神，如果是掌握生杀之权的，——不，这生杀之权四个字不大妥，凡是神，在中国仿佛都有些随意杀人的权柄似的，倒不如说是职掌人民的生死大事的罢，就如城隍和东岳大帝之类，那么，他的卤簿中间就另有一群特别的脚色：鬼卒，鬼王，还有活无常。

　　这些鬼物们，大概都是由粗人和乡下人扮演的。鬼卒和鬼王是红红绿绿的衣裳，赤着脚；蓝脸，上面又画些鱼鳞，也许是龙鳞或别的什么鳞罢，我不大清楚。鬼卒拿着钢叉，叉环振得琅琅地响，鬼王拿的是一块小小的虎头牌。据传说，鬼王是只用一只脚走路的；但他究竟是乡下人，虽然脸上已经画上些鱼鳞或者别的什么鳞，却仍然只得用了两只脚走路。所以看客对于他们不很敬畏，也不大留心，除了念佛老妪和她的孙子们为面面圆到起见，也照例给他们一个"不胜屏营待命之至"的仪节。

　　至于我们——我相信：我和许多人——所最愿意看的，却在活无常。他不但活泼而诙谐，单是那浑身雪白这一点，在红红绿绿中就有"鹤立鸡群"之概。只要望见一顶白纸的高帽子和他手里的破芭蕉扇的影子，大家就都有些紧张，而且高兴起来了。

人民之于鬼物，惟独与他最为稔熟，也最为亲密，平时也常常可以遇见他。譬如城隍庙或东岳庙中，大殿后面就有一间暗室，叫作"阴司间"，在才可辨色的昏暗中，塑着各种鬼：吊死鬼，跌死鬼，虎伤鬼，科场鬼，……而一进门口所看见的长而白的东西就是他。我虽然也曾瞻仰过一回这"阴司间"，但那时胆子小，没有看明白。听说他一手还拿着铁索，因为他是勾摄生魂的使者。相传樊江东岳庙的"阴司间"的构造，本来是极其特别的：门口是一块活板，人一进门，踏着活板的这一端，塑在那一端的他便扑过来，铁索正套在你脖子上。后来吓死了一个人，钉实了，所以在我幼小的时候，这就已不能动。

倘使要看个分明，那么，《玉历钞传》上就画着他的像，不过《玉历钞传》也有繁简不同的本子的，倘是繁本，就一定有。身上穿的是斩衰凶服，腰间束的是草绳，脚穿草鞋，项挂纸锭；手上是破芭蕉扇，铁索，算盘；肩膀是耸起的，头发却披下来；眉眼的外梢都向下，像一个"八"字。头上一顶长方帽，下大顶小，按比例一算，该有二尺来高罢；在正面，就是遗老遗少们所戴瓜皮小帽的缀一粒珠子或一块宝石的地方，直写着四个字道："一见有喜"。有一种本子上，却写的是"你也来了"。这四个字，是有时也见于包公殿的扁额上的，至于他的帽上是何人所写，他自己还是阎罗王，我可没有研究出。

《玉历钞传》上还有一种和活无常相对的鬼物，装束也相仿，叫作"死有分"。这在迎神时候也有的，但名称却讹作死无常了，黑脸，黑衣，谁也不爱看。在"阴司间"里也有的，胸口靠着墙壁，阴森森地站着；那才真真是"碰壁"。凡有进去烧香的人们，必须摩一摩他的脊梁，据说可以摆脱了晦气；我小时也曾摩过这脊梁来，然而晦气似乎终于没有脱，——也许那时不摩，现在的晦气还要重罢，这一节也还是没有研究出。

我也没有研究过小乘佛教的经典，但据耳食之谈，则在印度的佛经里，焰摩天是有的，牛首阿旁也有的，都在地狱里做主任。至于勾摄生魂的使者的这无常先生，却似乎于古无征，耳所习闻的只有什么"人生无常"之类的话。大概这意思传到中国之后，人们便将他具象化了。这实在是我们中国人的创作。

然而人们一见他，为什么就都有些紧张，而且高兴起来呢？

凡有一处地方，如果出了文士学者或名流，他将笔头一扭，就很容易变成"模范县"。我的故乡，在汉末虽曾经虞仲翔先生揄扬过，但是那究竟太早了，后来到底免不了产生所谓"绍兴师爷"，不过也并非男女老小全是"绍兴师爷"，别的"下等人"也不少。这些"下等人"，要他们发什么"我们现在走的是一条狭窄险阻的小路，左面是一个广漠无际的泥潭，右面也是一片广漠无际的浮砂，前面是遥遥茫茫荫在薄雾的里面的目的地"那样热昏似的妙语，是办不到的，可是在无意中，看得往这"荫在薄雾的里面的目的地"的道路很明白：求婚，结婚，养孩子，死亡。但这自然是专就我的故乡而言，若是"模范县"里的人民，那当然又作别论。他们——敝同乡"下等人"——的许多，活着，苦着，被流言，被反噬，因了积久的经验，知道阳间维持"公理"

的只有一个会，而且这会的本身就是"遥遥茫茫"，于是乎势不得不发生对于阴间的神往。人是大抵自以为衔些冤抑的；活的"正人君子"们只能骗鸟，若问愚民，他就可以不假思索地回答你：公正的裁判是在阴间！

想到生的乐趣，生固然可以留恋；但想到生的苦趣，无常也不一定是恶客。无论贵贱，无论贫富，其时都是"一双空手见阎王"，有冤的得伸，有罪的就得罚。然而虽说是"下等人"，也何尝没有反省？自己做了一世人，又怎么样呢？未曾"跳到半天空"么？没有"放冷箭"么？无常的手里就拿着大算盘，你摆尽臭架子也无益。对付别人要滴水不漏的公理，对自己总还不如虽在阴司里也还能够寻到一点私情。然而那又究竟是阴间，阎罗天子，牛首阿旁，还有中国人自己想出来的马面，都是并不兼差，真正主持公理的脚色，虽然他们并没有在报上发表过什么大文章。当还未做鬼之前，有时先不欺心的人们，遥想着将来，就又不能不想在整块的公理中，来寻一点情面的末屑，这时候，我们的活无常先生便见得可亲爱了，利中取大，害中取小，我们的古哲墨翟先生谓之"小取"云。

在庙里泥塑的，在书上墨印的模样上，是看不出他那可爱来的。最好是去看戏。但看普通的戏也不行，必须看"大戏"或者"目连戏"。目连戏的热闹，张岱在《陶庵梦忆》上也曾夸张过，说是要连演两三天。在我幼小时候可已经不然了，也如大戏一样，始于黄昏，到次日的天明便完结。这都是敬神禳灾的演剧，全本里一定有一个恶人，次日的将近天明便是这恶人的收场的时候，

"恶贯满盈"，阎王出票来勾摄了，于是乎这活的活无常便在戏台上出现。

我还记得自己坐在这一种戏台下的船上的情形，看客的心情和普通是两样的。平常愈夜深愈懒散，这时却愈起劲。他所戴的纸糊的高帽子，本来是挂在台角上的，这时预先拿进去了；一种特别乐器，也准备使劲地吹。这乐器好像喇叭，细而长，可有七八尺，大约是鬼物所爱听的罢，和鬼无关的时候就不用；吹起来，Nhatu，nhatu，nhatututuu 地响，所以我们叫它"目连嗏头"。

在许多人期待着恶人的没落的凝望中，他出来了，服饰比画上还简单，不拿铁索，也不带算盘，就是雪白的一条莽汉，粉面朱唇，眉黑如漆，蹙着，不知道是在笑还是在哭。但他一出台就须打一百零八个嚏，同时也放一百零八个屁，这才自述他的履历。可惜我记不清楚了，其中有一段大概是这样：

"……

大王出了牌票，叫我去拿隔壁的癞子。

问了起来呢，原来是我堂房的阿侄。

生的是什么病？伤寒，还带痢疾。

看的是什么郎中？下方桥的陈念义 la 儿子。

开的是怎样的药方？附子，肉桂，外加牛膝。

第一煎吃下去，冷汗发出；

第二煎吃下去，两脚笔直。

我道 nga 阿嫂哭得悲伤，暂放他还阳半刻。

大王道我是得钱买放，就将我捆打四十！"

无　常　　　　　　　　　　　　　　　　　　　　　49

这叙述里的"子"字都读作入声。陈念义是越中的名医，俞仲华曾将他写入《荡寇志》里，拟为神仙；可是一到他的令郎，似乎便不大高明了。la 者"的"也；"儿"读若"倪"，倒是古音罢；nga 者，"我的"或"我们的"之意也。

他口里的阎罗天子仿佛也不大高明，竟会误解他的人格，——不，鬼格。但连"还阳半刻"都知道，究竟还不失其"聪明正直之谓神"。不过这惩罚，却给了我们的活无常以不可磨灭的冤苦的印象，一提起，就使他更加蹙紧双眉，捏定破芭蕉扇，脸向着地，鸭子浮水似的跳舞起来。

Nhatu, nhatu, nhatu-nhatu-nhatututuu！目连嗐头也冤苦不堪似的吹着。

他因此决定了：

　　"难是弗放者个！

　　那怕你，铜墙铁壁！

　　那怕你，皇亲国戚！

　　…………"

"难"者，"今"也；"者个"者，"的了"之意，词之决也。"虽有忮心，不怨飘瓦"，他现在毫不留情了，然而这是受了阎罗老子的督责之故，不得已也。一切鬼众中，就是他有点人情；我们不变鬼则已，如果要变鬼，自然就只有他可以比较的相亲近。

我至今还确凿记得，在故乡时候，和"下等人"一同，常常这样高兴地正视过这鬼而人，理而情，可怖而可爱的无常；而且欣赏他脸上的哭或笑，口头的硬语与谐谈……。

迎神时候的无常，可和演剧上的又有些不同了。他只有动作，没有言语，跟定了一个捧着一盘饭菜的小丑似的脚色走，他要去吃；他却不给他。另外还加添了两名脚色，就是"正人君子"之所谓"老婆儿女"。凡"下等人"，都有一种通病：常喜欢以己之所欲，施之于人。虽是对于鬼，也不肯给他孤寂，凡有鬼神，大概总要给他们一对一对地配起来。无常也不在例外。所以，一个是漂亮的女人，只是很有些村妇样，大家都称她无常嫂；这样看来，无常是和我们平辈的，无怪他不摆教授先生的架子。一个是小孩子，小高帽，小白衣；虽然小，两肩却已经耸起了，眉目的外梢也向下。这分明是无常少爷了，大家却叫他阿领，对于他似乎都不很表敬意；猜起来，仿佛是无常嫂的前夫之子似的。但不知何以相貌又和无常有这么像？吁！鬼神之事，难言之矣，只得姑且置之弗论。至于无常何以没有亲儿女，到今年可很容易解释了：鬼神能前知，他怕儿女一多，爱说闲话的就要旁敲侧击地锻成他拿卢布，所以不但研究，还早已实行了"节育"了。

这捧着饭菜的一幕，就是"送无常"。因为他是勾魂使者，所以民间凡有一个人死掉之后，就得用酒饭恭送他。至于不给他吃，那是赛会时候的开玩笑，实际上并不然。但是，和无常开玩笑，是大家都有此意的，因为他爽直，爱发议论，有人情，——要寻真实的朋友，倒还是他妥当。

有人说，他是生人走阴，就是原是人，梦中却入冥去当差的，所以很有些人情。我还记得住在离我家不远的小屋子里的一个男人，便自称是"走无常"，门外常常燃着香烛。但我看他脸上的鬼气反而多。莫非入冥做了鬼，倒会增加人气的么？吁！鬼神之事，难言之矣，这也只得姑且置之弗论了。

六月二十三日。

解　说

无　常

　　这篇说活无常的绝妙的好文章乃是从五猖会引申出来的，因为起首讲的便是迎会的情形。"迎神赛会这一天出巡的神，如果是掌握生杀之权的，……就如城隍和东岳大帝之类。那么，他的卤簿中间就另有一群特别的脚色：鬼卒，鬼王，还有活无常。这些鬼物们，大概都是由粗人和乡下人扮演的。鬼卒和鬼王是红红绿绿的衣裳，赤着脚；蓝脸，上面又画些鱼鳞，也许是龙鳞或别的什么鳞罢，我不大清楚。鬼卒拿着钢叉，叉环振得琅琅地响，鬼王拿的是一块小小的虎头牌。据传说，鬼王是只用一只脚走路的；但他究竟是乡下人，虽然脸上已经画上些鱼鳞或者别的什么鳞，却仍然只得用了两只脚走路。所以看客对于他们不很敬畏，也不大留心，除了念佛老妪和她的孙子们。"这些鬼卒，记得小时候听见人家叫作海鬼，那么他们或者与水族有关也未可知，这是脸上有鱼鳞的原因吧。下文说到活无常道："至于我们，——我相信：我和许多人——所最愿意看的，却在活无常。……只要望见一顶白纸的高帽子和他手里的破芭蕉扇的影子，大家就都有些紧张，而且高兴起来了。"关于他的形状和行动，本文里说得很详细，《后记》的附图中间还有一幅著者所作的略画，描写出他所看见的与书本不同的特别的印象。他在小时候描画过许多绣像以及各种画本如《诗中画》等，但是自己所画的还只有这一幅，所以也是很可珍重的，可惜的是这只表现出"那怕你铜墙铁壁"这一时的神气，那麽紧双眉，捏定破芭蕉扇，脸向着地，鸭子浮水似的跳舞起来那种更特殊的场面却未能画了出来。但是本文中在"大戏"里出现的活无常的描写实在很是出色，真足够做他永久的纪念，此外只有一篇《女吊》可以相比，那是写大戏里的"跳吊"的，虽然是收在《且介亭杂文末编》中，写作的年代大约已经相差得很有点远了。

（《鲁迅小说里的人物·彷徨衍义》）

从百草园到三味书屋

我家的后面有一个很大的园，相传叫作百草园。现在是早已并屋子一起卖给朱文公的子孙了，连那最末次的相见也已经隔了七八年，其中似乎确凿只有一些野草；但那时却是我的乐园。

不必说碧绿的菜畦，光滑的石井栏，高大的皂荚树，紫红的桑椹；也不必说鸣蝉在树叶里长吟，肥胖的黄蜂伏在菜花上，轻捷的叫天子（云雀）忽然从草间直窜向云霄里去了。单是周围的短短的泥墙根一带，就有无限趣味。油蛉在这里低唱，蟋蟀们在这里弹琴。翻开断砖来，有时会遇见蜈蚣；还有斑蝥，倘若用手指按住它的脊梁，便会拍的一声，从后窍喷出一阵烟雾。何首乌藤和木莲藤缠络着，木莲有莲房一般的果实，何首乌有拥肿的根。有人说，何首乌根是有像人形的，吃了便可以成仙，我于是常常拔它起来，牵连不断地拔起来，也曾因此弄坏了泥墙，却从来没有见过有一块根像人样。如果不怕刺，还可以摘到覆盆子，像小珊瑚珠攒成的小球，又酸又甜，色味都比桑椹要好得远。

长的草里是不去的，因为相传这园里有一条很大的赤练蛇。

长妈妈曾经讲给我一个故事听：先前，有一个读书人住在古庙里用功，晚间，在院子里纳凉的时候，突然听到有人在叫他。答应着，四面看时，却见一个美女的脸露在墙头上，向他一笑，隐去了。他很高兴；但竟给那走来夜谈的老和尚识破了机关。说他脸上有些妖气，一定遇见"美女蛇"了；这是人首蛇身的怪物，能唤人名，倘一答应，夜间便要来吃这人的肉的。他自然吓得要死，而那老和尚却道无妨，给他一个小盒子，说只要放在枕边，便可高枕而卧。他虽然照样办，却总是睡不着，——当然睡不着的。到半夜，果然来了，沙沙沙！门外像是风雨声。他正抖作一团时，却听得豁的一声，一道金光从枕边飞出，外面便什么声音也没有了，那金光也就飞回来，敛在盒子里。后来呢？后来，老和尚说，这是飞蜈蚣，它能吸蛇的脑髓，美女蛇就被它治死了。

结末的教训是：所以倘有陌生的声音叫你的名字，你万不可答应他。

这故事很使我觉得做人之险，夏夜乘凉，往往有些担心，不敢去看墙上，而且极想得到一盒老和尚那样的飞蜈蚣。走到百草园的草丛旁边时，也常常这样想。但直到现在，总还是没有得到，但也没有遇见过赤练蛇和美女蛇。叫我名字的陌生声音自然是常有的，然而都不是美女蛇。

冬天的百草园比较的无味；雪一下，可就两样了。拍雪人（将自己的全形印在雪上）和塑雪罗汉需要人们鉴赏，这是荒园，人迹罕至，所以不相宜，只好来捕鸟。薄薄的雪，是不行的；总须积雪盖了地面一两天，鸟雀们久已无处觅食的时候才好。扫开一块雪，露出地面，用一枝短棒支起一面大的竹筛来，下面撒些秕谷，棒上系一条长绳，人远远地牵着，看鸟雀下来啄食，走到竹筛底下的时候，将绳子一拉，便罩住了。但所得的是麻雀居多，也有白颊的"张飞鸟"，性子很躁，养不过夜的。

这是闰土的父亲所传授的方法，我却不大能用。明明见它们进去了，拉了绳，跑去一看，却什么都没有，费了半天力，捉住的不过三四只。闰土的父亲是小半天便能捕获几十只，装在叉袋里叫着撞着的。我曾经问他得失的缘由，他只静静地笑道：你太性急，来不及等它走到中间去。

我不知道为什么家里的人要将我送进书塾里去了，而且还是全城中称为最严厉的书塾。也许是因为拔何首乌毁了泥墙罢，也许是因为将砖头抛到间壁的梁家去了罢，也许是因为站在石井栏上跳了下来罢，……都无从知道。总而言之：我将不能常到百草园了。Ade，我的蟋蟀们！ Ade，我的覆盆子们和木莲们！ ……

出门向东，不上半里，走过一道石桥，便是我的先生的家了。从一扇黑油的竹门进去，第三间是书房。中间挂着一块扁道：三味书屋；扁下面是一幅画，画着一只很肥大的梅花鹿伏在古树下。没有孔子牌位，我们便对着那扁和鹿行礼。第一次算是拜孔子，第二次算是拜先生。

第二次行礼时，先生便和蔼地在一旁答礼。他是一个高而瘦的老人，须发都花白了，还戴着大眼镜。我对他很恭敬，因为我早听到，他是本城中极方正，质朴，博学的人。

不知从那里听来的，东方朔也很渊博，他认识一种虫，名曰"怪哉"，冤气所化，用酒一浇，就消释了。我很想详细地知道这故事，但阿长是不知道的，因为她毕竟不渊博。现在得到机会了，可以问先生。

"先生，'怪哉'这虫，是怎么一回事？……"我上了生书，将要退下来的时候，赶忙问。

"不知道！"他似乎很不高兴，脸上还有怒色了。

我才知道做学生是不应该问这些事的，只要读书，因为他是渊博的宿儒，决不至于不知道，所谓不知道者，乃是不愿意说。年纪比我大的人，往往如此，我遇见过好几回了。

我就只读书，正午习字，晚上对课。先生最初这几天对我很严厉，后来却好起来了，不过给我读的书渐渐加多，对课也渐渐地加上字去，从三言到五言，终于到七言。

三味书屋后面也有一个园，虽然小，但在那里也可以爬上花坛去折蜡梅花，在地上或桂花树上寻蝉蜕。最好的工作是捉了苍蝇喂蚂蚁，静悄悄地没有声音。然而同窗们到园里的太多，太久，可就不行了，先生在书房里便大叫起来：

"人都到那里去了？！"

人们便一个一个陆续走回去；一同回去，也不行的。他有一条戒尺，但是不常用，也有罚跪的规则，但也不常用，普通总不过瞪几眼，大声道：

"读书！"

于是大家放开喉咙读一阵书，真是人声鼎沸。有念"仁远乎哉我欲仁斯仁至矣"的，有念"笑人齿缺曰狗窦大开"的，有念"上九潜龙勿用"的，有念"厥土下上上错厥贡苞茅橘柚"的……。

先生自己也念书。后来，我们的声音便低下去，静下去了，只有他还大声朗读着：

"铁如意，指挥倜傥，一座皆惊呢～～～金叵罗，颠倒淋漓噫，千杯未醉嗬～～～……。"

我疑心这是极好的文章，因为读到这里，他总是微笑起来，而且将头仰起，摇着，向后面拗过去，拗过去。

先生读书入神的时候，于我们是很相宜的。有几个便用纸糊的盔甲套在指甲上做戏。我是画画儿，用一种叫作"荆川纸"的，蒙在小说的绣像上一个个描下来，像习字时候的影写一样。读的书多起来，画的画也多起来；书没有读成，画的成绩却不少了，最成片段的是《荡寇志》和《西游记》的绣像，都有一大本。后来，因为要钱用，卖给一个有钱的同窗了。他的父亲是开锡箔店的；听说现在自己已经做了店主，而且快要升到绅士的地位了。这东西早已没有了罢。

九月十八日。

解　说

百草园和三味书屋

　　《从百草园到三味书屋》这篇文章篇幅不长，可是内容很丰富，解说起来须要几倍长的字数才成，现在我们却不来这样做，因为我在《鲁迅的故家》里的《百草园》里已经写了若干节，大概都说过了。这里便是说明一句就算了，关于园可看《百草园》第四至第十节，关于书屋看第三七至四一节，又参考《园的内外》第九至十二各节。

　　附记

　　关于三味书屋名称的意义，曾经请教过寿洙邻先生，据说古人有言，"书有三味，"经如米饭，史如肴馔，子如调味之料，他只记得大意如此，原名以及人名已忘记了。又说：那四字原是梁山舟手笔，文曰"三余书屋"，经他的曾祖改名"三味"，将"余"字换去，但如不细看，也并看不出什么挖补的痕迹。

　　　　　　　　　　　　　　　　　（《鲁迅小说里的人物·彷徨衍义》）

后　园

　　百草园的名称虽雅，实在只是一个普通的菜园，平常叫作后园，再分别起来这是大园，在它的西北角有一小块突出的园地，那便称为小园。大园的横阔与房屋相等，那是八间半，毛估当是十丈，直长不知道多少，总比横阔为多，大概可能有两亩以上的地面吧。小园一方块，恐怕只有大园的四分之一。

大园的内容可以分段来说。南头靠园门的一片是废地，东偏是一个方的大池，通称马桶池，仁房的园门沿着池边的弄堂在池北头向西开门。智房的园门在西边正中，右面在走路与池的中间是一座大的瓦屑堆，比人还要高，小孩称它为高山堆，来源不详，大抵是太平天国战后修葺房屋，将瓦屑放在这里，堆上长着一株皂荚树，是结"圆肥皂"的，树干直径已有一尺多，可以知道这年代不很近了。路的左边靠门是垃圾堆，再往北放着四五只粪缸，是智房各派所使用，存以浇菜或是卖给乡下人的。再说北头的一片，东边三大间瓦房，相当高大，材料也很不坏，不晓得原来是什么用的，一直也不看见有什么用，总是空着，名为三间头，是仁房的所有。西边有一口井，上有石阑，井北长着一棵楝树，只好摆个样子，却不能遮阴，井的西偏便是往小园去的小路，园的中间一段约占全部五分之三吧，那全是可以种植的土地，从中央一直线划开，由智仁两房分用，智房西边部分又分成三家，但因立诚两房缺少人力，所以那些园地常由兴房借用，种些黄瓜白菜萝卜之类。

小园一方块，搭在大园的西北角外，其东面一半贴着大园，一半向北突出，其他三面全与别家园地接界。西南角有一个清水毛坑，全用石板造得很好，长方形，中间隔断，但永不曾使用，只积着好些水，游泳着许多青蛙，前面有石蒜花盛开，常引诱小孩跑到这冷静的地方去。东北角有一头板门，传说是从前挑肥料出去的门，外通咸欢河沿，这地名虽是这样写，但口头却读如"咸沙河沿"，如不是这么说，便没有人懂得了。

园里的植物

园里的植物，据《朝花夕拾》上所说，是皂荚树，桑椹，菜花，何首乌和木莲藤，覆盆子。皂荚树上文已说及，桑椹本是很普通的东西，但百草园里却是没有，这出于大园之北小园之东的鬼园里，那里种的全是桑树，枝叶都露出在泥墙上面。传说在那地方埋葬着好些死于太平军的尸首，所以称为鬼园，大家都觉得有点害怕。木莲藤缠绕上树，长得很高，结的莲房似的果实，可以用井水揉搓，做成凉粉一类的东西，叫作木莲豆腐，不过容易坏肚，所以不大有人敢吃。何首乌和覆盆子都生在"泥墙根"，特别是大小园交界这一带，这里的泥墙本来是可有可无的，弄坏了也没有什么关系。据医书上说，有一个姓何的老人因为常吃这一种块根，头发不白而黑，因此就称为何首乌，当初不一定要像人形的，《野菜博录》中说它可以救荒，以竹刀切作片，米泔浸经宿，换水煮去苦味，大抵也只当土豆吃罢了。覆盆子的形状，像小珊瑚珠攒成的小球，这句话形容得真像，它同洋莓那么整块的不同，长在绿叶白花中间，的确是又中吃又中看，俗名"各公各婆"，不晓得什么意思，字应当怎么写的。儿歌里有一首，头一句是"节节梅官柘"，这也是两种野果，只仿佛记得官柘像是枣子的小颗，节节梅是不是覆盆子呢，因为各公各婆亦名各各梅，可能就是同一样东西吧。

在野草中间去寻好吃的东西，还有一种野苎麻可以举出来，它虽是麻类而纤维柔脆，所以没有用处，但开着白花，里面有一点蜜水，小孩们常去和黄蜂抢了吃。它的繁殖力很强，客室小园关闭几时，便茂生满院，但在北方却未曾看见。小孩所喜欢的野草，此外还有蛐蛐草，在斗蟋蟀时有用，黄狗尾巴是象形的，莤苡见于《国风》，医书上叫作车前，但儿童另有自己的名字，叫它作官司草，拿它的茎对折互拉，比赛输赢，有如打官司云。蒲公英很常见，那轻气球似的白花很引人注目，却终于不知道它的俗名，蒲公英与白鼓钉等似乎都只是音译，要附会的说，白鼓钉比蒲公英还可以说是有点意义吧。

园里的动物

百草园里的动物，我们根据《朝花夕拾》中所记的加以说明，这大约可以分作三类。其一是蝉，蟋蟀与油蛉。蝉俗名知了，鲁迅的祖父介孚公曾盛称某人试帖的起句"知了知花了了"，以为很有情趣，但民间这知字乃是读作去声的。普通的知了是那大的一种，就是诗人所称为螓首蛾眉的，此外还有一种小而色青的，名为山知了，在盛夏中高声急迫地叫，声如知了遮了，所以又一名遮了。蟋蟀是蛐蛐的官名，它单独时名为叫，在雌雄相对，低声吟唱的时候则云弹琴，老百姓虽然不知道司马相如琴心的故事，但起这名字却极是巧妙，我也曾听过古琴专家的弹奏，比起来也似乎未必能胜得过。普通的蛐蛐之外，还有一种头如梅花瓣的，俗名棺材头蛐蛐，看见就打杀，不知道它们会叫不会叫。又有一种油蛉，北方叫作油壶卢，似蟋蟀而肥大，虽然不厌恶它，却也永不饲养，它们只会嘘嘘的直声叫，弹琴的本领我可以保证它们是没有的。油蛉这东西不知道在绍兴以外地方叫做什么，如要解说，只能说是一种大蚂蚁似的鸣虫吧。好几年前写过一首打油诗，其词云：

"辣茄蓬里听油蛉，小罩扪来掌上擎，瞥见长须红项颈，居然名贵过金铃。"注云，"油蛉状如金铃子而细长，色黑，鸣声矍矍，低细耐听，以须长颈赤者为良，云寿命更长。畜之者以明角为笼，丝线结络，寒天县着衣襟内，可以经冬，但入春以后便难持久，或有养至清明时节，于上坟船中闻其鸣声者，则绝无而仅有矣。"

其二是黄蜂、蜈蚣与斑蝥，还有赤练蛇。黄蜂本来只是伏在菜花上，但究竟要螫人的，也不会得叫，所以只好归入这一类里。蜈蚣与斑蝥平时不会碰见，除非在捉蛐蛐，把断砖破瓦乱翻的时候，它们虽是毒虫，但色彩到底还好看，所以后来一直留下一个印象，不比北方的蝎子，像是妖怪似的，看了要叫人寒毛直竖。赤练蛇只是传说说有，不曾见过，俗名火练蛇，虽然样子可怕，却还不及乌梢蛇，因为那是说要追人的。

园里的动物二

　　上文所说的动物还有一类未讲到，即是其三鸟类。《朝花夕拾》中说有叫天子即云雀从草间飞上天去，这个我没有见过，但是有些人玩百灵，关在鸟笼子里，既有此鸟，那么它来园里也是可能的，我只是不曾看见罢了。此外性子很急的白颊的张飞鸟，传说是被后母或是薄情的丈夫推落清水毛坑淹死的女人所化的清水鸟，也都常来，还有一种鸟名叫拆书，鸣声好像是这两个字，民间相信听到它的叫声时，远人将有信来了。这些鸟都不知道在书上是叫什么名字。至于麻雀那自然多得很，鲁迅所记雪地里捕鸟，所得的是麻雀居多。那一回是前清光绪癸巳（一八九三）年的事，距今已是五十七年了。那年春初特别寒冷，积雪很厚，鸟雀们久已无处觅食，所以捕获了许多，在后来便再也没有这样的机会，不全是为的拉绳子的人太性急，实在是天不够冷，雪不够大，这原因是很简单的。

　　四脚兽当然在园里也有，但是《朝花夕拾》里不提起，我们也就把它略掉了。不过有一件东西稍为特别，不可不一说，虽是本在西邻梁家，但中间只隔着一段矮泥墙，可能也会得走过来的。这是什么呢？如梁家的人所说，那是猪精。单说猪精不大确切，如用上海话可以说是猪猡精，绍兴则另有说法，应该叫作什么猪精才对，这上边一个字读如尼何切，《越谚》上写作曲字上加两个口，与咒字是一类，怕排字为难，只好不用。有一天，大概在癸巳年略后吧，鲁迅在园里玩耍，听见梁家园中人声鼎沸，跑到泥墙缺处去看，只见一个男人正在投池，许多男妇赶到要拉他起来，有人讨厌外人来看，几个女人说道："人多些也好，威光可以大一点。"据说那人为园内的猪精所凭，所以迷糊投水云，其实大概为的什么打架，当时很清醒的站在池中，大声道："我不要再做人了，"俯首往水里一钻，这情形很是滑稽，多少年后鲁迅一直引为谈助，只可惜他不曾利用，放到小说里去，但是这猪精的一个典故却总是值得保存下来的。

菜　蔬

园是菜园，那里的主体自然是菜蔬了。乡下一年里所吃的菜蔬不算少，现在只是略说园里所有的。《朝花夕拾》的《小引》中有一节云：

"我有一时，曾经屡次忆起儿时在故乡所吃的蔬果：菱角，罗汉豆，茭白，香瓜。凡这些，都是极其鲜美可口的；都是使我思乡的蛊惑。"这里只有罗汉豆是园里所有的，可以一说，也正是值得说。有江苏的朋友在福建教中学国文的，写信来问罗汉豆是什么东西，因为国文教材中有这名字，没有什么地方查考。他如没有范寅的《越谚》，其查不到是无怪的。我们引用范君的话来解说，"此豆扁大，只能用菜，吴呼蚕豆。"上边还有一项蚕豆，注云："此豆细圆，吴呼寒豆。"总结一句，罗汉豆即是蚕豆，而蚕豆则是豌豆。我以本地人的资格来说话，虽然并不一定拥护罗汉豆这名称，但总觉得蚕豆是叫得不适当的，它那豆荚总有拇指那么粗，哪里像什么蚕呢！这是很平常的东西，但如种在园里，现时摘来，煮了"淡口吃"，实在是极好的，我不赞成《越谚》用菜之说，如放在菜里便不见得怎么可回忆了。

此外园里的出品，最为儿童所注意的，是黄瓜和萝卜。黄瓜买了秧来种，一株秧根下一块方土，整齐平滑，倒像是河泥种的，长出藤来的时候给用细竹搭一个帐篷似的瓜架，就只等它开花结实好了。萝卜买种子来下，每年好丑不一样，等秧长了两寸疏散一下，拔去生得太密或细小的，腌了来吃，和鸡毛菜相仿，别有风味。小孩得了大人的默许，进园里去可以挑长成得刚好的黄瓜，摘下来用青草擦去小刺，当场现吃，乡下的黄瓜色淡刺多，与北方的浓青厚皮的不同，现摘了吃味道更是特别。萝卜看它露出在地面上的部分，推测它的大小，拔起来擦干净了，用指甲剥去皮，就可生吃，这没有赛秋梨的水萝卜那么多水分，可是要鲜得多。此外南瓜茄子，扁豆辣茄，以及白菜油菜芥菜，种类不少，但那些只是做菜用的，儿童们也就不大觉得有什么兴趣了。

晒　谷

园地上白菜与萝卜收获之后，一时没有什么东西种，地面是空着，可是并不曾闲着。因为在冬天那地方是用以晒谷的。大概在前清光绪癸巳（一八九三）年时智兴房还有稻田四五十亩，平常一亩规定原租一百五十斤，如七折收租，可以有四千多斤的谷子，一家三代十口人，生活不成问题。谷收来之后，一时放在仓间里，实在只是一间空屋，三面墙壁和地下铺了竹簟，至于窗门还是破缺，对于鼠雀却是没有什么防备的。谷不很干燥，须得把它晒干了，这才能存储，那一段落便是晒谷的工作。

晒谷之前要先预备晒场。本来是园地，一林一林的，这就是说把土锄成长方片段，四边低下，以便行走，或亦有泄水之用，现在便将它锄平，成为一整块的稻地。稻地是乡间的名称，城里只有明堂，那是大的天井，如位在厅堂之间，照例南北有屋，东西有走廊，中间一片空地，用大石板满铺的，稻地则只是屋前的泥地，坚实平坦而开朗，承受阳光，打稻以及簸扬晒晾都可以在这里做得，比起明堂来用处大得多了。

平常种园，做晒场以及晒谷，都由一个工人承办，他不是长年，因为他家在海边也种着沙地，只抽出一部分工夫来城里做工，名称叫作忙月。忙字却读作去声。在百草园做工的是会稽杜浦人，名叫章福庆，因为福字犯了鲁迅的祖父的讳，所以主人叫他阿庆，老太太叫他老庆，小孩们都叫他庆叔，这是规矩如此，如看见仁房的一个老工人，也是叫他王富叔的。庆叔晒谷有他的一副本领，他把簟摊开，挑谷出去，一张簟上倒一箩谷，拿起一把长柄的横长的木铲，将谷从中央撒向四面去，刚刚摊到簟边，到了中午，他拉簟的四角，再使谷集中成为一堆，重新摊布，教它翻一个面。他使用那木铲非常纯熟巧妙，小时候看惯了，认为是晒谷的正宗，看许多人都用猪八戒式的木钉爬，在簟上爬来爬去，觉得很是寒伧，这个意见直到后来也还改变不过来。说也奇怪，那种一块长方木板，略为坡一点的钉牢在长柄上的晒谷器具，确很少见，难道真是他的创作么？

园门口

　　后园门口的两间是庆叔的世界，也是小孩们所爱去的地方。那里有什么好玩呢？第一，门外面是那么大的一个园，跑出去玩固然好，就是坐在门槛上望着那一片绿的草木叶，黄白的菜花，也比在房间或明堂里有趣得多。第二，那里是永远的活动的所在，除非那工人不来，园门紧闭着，冷静得怕爬出蛇和老鼠来，否则总有什么工作在那里做。这些活动不但于小孩很有兴趣，也能增进他不少的知识的。

　　庆叔是个农民，但他又有一种手艺，便是做竹作。在晒谷以前，他有好几天要作准备，做补簟的工作。把竹簟的破缺霉杇的地方拆去，用新的竹篾补上，似乎很是简易单调，可是看着很有意思，不但将小毛竹劈开，做成篾片，工程繁多，就是末了蹲在簟上，拿那扁长的铁片打诊，抽去烂篾，补入新的，仿佛有得心应手之妙，看了很感觉愉快。他会做竹的细工，如提合花合，以至编入福禄寿喜字样的考篮，也都可以制作，特别叫人佩服的是他还会得做竹的玩具，俗语叫作嬉家生的（家生即家伙，三字连说时家字读作去声）。那些竹制的箫，蛇龙与摔跤打拳的玩具，已经有卖的了，他所做的乃是市上没有的土货，记得有一样是用竹皮编成扁圆形的球，下有把手，球是漏空的，里边又有一个小球，中装石子，摇起来哗喇有声，质朴而很经用。

平时常见到的工作是做米。这工程有牵砻，扇风箱和舂米三段，写的舂字读音却作桑。与牵砻相连的是锻砻，小孩也很喜欢看，用那像长手指甲的凿槌打过去，一行行的现出新的砻齿来，舂米看去很费劲，所以去看的时候很少。乡下叫石臼曰捣臼，杵曰捣杵，读若齿，照例是上小下大，上头部分是木做的，不知怎的庆叔所用的捣杵似乎较大，后来看别人家叫阿 Q 的老兄去舂米，他带支的石杵要小一号，心中觉得它不合式，这同晒谷用具一样，在小时候先入为主的势力是很大的。

三味书屋

癸巳上半年，鲁迅往三味书屋读书，他去那里是这年为始，还是从前一年就已去了呢，这已记不清楚了。自百草园至三味书屋真正才一箭之路，出门向东走去不过三百步吧，走过南北跨河的石桥，再往东一拐，一个朝北的黑油竹门，里边便是三味书屋了。书屋不在百草园之内，所以不必细写，只须一说那读书的两间房屋就行。我去读书是从乙未年起的，所记情状自然只能以那时为准，但可能前两年也是大概差不多的。书房朝西两间，南边的较小，西北角一个圆洞门相通，里面靠东一部分有地板，上有小匾曰"谈余小憩"，小寿先生洙邻名鹏飞在此设帐，教授两个小学生，即是我和寿禄年，外边即靠北的一大间是老寿先生镜吾名怀鉴的书房，背后挂一张梅花鹿的画，上有匾曰"三味书屋"。老寿先生的大儿子涧邻名鹏更，在乡间坐馆，侄儿孝天同住一门内，则在迤北一间书房开馆授徒，后来往上海专编数学书，不再教读了。

老寿先生教的学生很多，有南门的李孝谐，秋官第许姓，又余姓身长头小绰号"小头鬼"的，都是大学生，桌子摆在西窗下一带，北墙下是鲁迅和勇房族叔仁寿，南墙下是中房族弟寿升，商人子弟的胡某和章翔耀，他的桌子已在往小园去的门口了。还有中房族兄寿颐，桌子不知道放在那里，可能是在北墙下靠东的地方吧。从北京跟了介孚公回家的凤升也于乙未年去上学，他于癸巳上半年同我在厅房里从仁房族叔伯文读书，中途停顿，这时才继续前去，书桌放在"谈余小憩"的西北窗下，但书还是由老寿先生教读的。

老寿先生

老寿先生是本城中极方正，质朴博学的人，可是并不严厉，他的书房可以说是在同类私塾中顶开通明朗的一个。他不打人，不骂人，学生们都到小园里去玩的时候，他只大声叫道："人都到哪里去了？"到得大家陆续溜回来，放开喉咙读书，先生自己也朗诵他心爱的赋，说什么"金叵罗，颠倒淋漓伊，千杯未醉荷……"，这情形在《朝花夕拾》上描写得极好，替镜吾先生留下一个简笔的肖像。先生也替大学生改文章即是八股，可是没有听见他自己念过，桌上也不见《八铭塾钞》一类的东西，这是特别可以注意的事。先生律己严而待人宽，对学生不摆架子，所以觉得尊而可亲，如读赋时那么将头向后拗过去，拗过去，更着实有点幽默感。还有一回先生闭目养神，忽然举头大嚷道，"屋里一只鸟（都了切），屋里一只鸟！"大家都吃惊，以为先生着了魔，因为那里并没有什么鸟，经仔细检查，才知道有一匹死笨的蚊子定在先生的近视眼镜的玻璃外边哩。这蚊子不知是赶跑还是捉住了，总之先生大为学生所笑，他自己也不得不笑了。

《朝花夕拾》上说学生上学，对着那三味书屋和梅花鹿行礼，因为那里并没有至圣先师或什么牌位，共拜两遍，第一次算是拜孔子，第二次是拜先生，那时先生便和蔼地在一旁答礼。行礼照例是"四跪四拜"，先生站在右边，学生跪下叩首时据说算在孔子账上，可以不管，等站起作揖，先生也回揖，凡四揖礼毕。元旦学生走去贺年，到第二天老寿先生便来回拜，穿着褪色的红青棉外套（前清的袍套），手里拿着一叠名片，在堂前大声说道，"寿家拜岁。"伯宜公生病，医生用些新奇的药引，有一回要用三年以上的陈仓米，没有地方去找，老寿先生不知道从哪里弄到了一两升，装在"钱搭"里，亲自肩着送来。他的日常行为便是如此，但在现今看去觉得古道可风，值得记载下来，还有些行事出自传闻，并非直接看见，今且从略。

广思堂

三味书屋里虽然备有戒尺，有罚跪的规则，却都不常用。罚跪我就没有看见过，在我上着学的这两年里，戒方则有时还用，譬如有人在园里拿了腊梅梗去撩树上的知了壳（蝉蜕），给他看见了，带到书房里，叫学生伸出手来，他拿戒方轻轻的扑五下，再换一只手来扑五下了事。他似乎是用蒲鞭示辱的意思，目的不在打痛，不像别的私塾先生打手心要把手背顶着桌角，好似捕快在拷打小偷的样子。仁房的伯文在乡下坐馆，用竹枝打学生的脊背，再给洒上擦牙齿的盐，立房的子京，把学生的耳朵放在门缝里夹，仿佛是小孩的轧核桃，这固然是极端的例，但如统计起来，说不定还是这一类为多，因为这里就有两位仁兄，三味书屋却只是一例。在百草园往东隔着两三家有广思堂王宅，是一个破落的大台门，大厅烧了就只剩一片空地，偏西的厢房里设着私塾，先生当然姓王，逸其名字，大家只叫他的绰号"矮癞胡"，他打手心便是那么打的，又有什么撒尿签，大概他本是模仿古人出恭入敬牌的办法的吧，但学生听了这传说大为愤慨，因为三味书屋完全自由，大小便径自往园里去，不必要告诉先生的。有一天中午放学，鲁迅和章翔耀及二三见义勇为的同学约好，冲进"矮癞胡"的书房去，师生都已散了，大家便攫取笔筒里撒尿签撅折，将朱墨砚覆在地上，笔墨乱撒一地，以示惩罚。"矮癞胡"未必改变作风，后事如何，却已忘记了。

三味书屋对于学生最严重的处分是退学，学生中间称为推出去。曾经有过一个实例，这人即是中房的寿升，号日如，是鲁迅的堂兄弟。老寿太太作客回来，先生帮着去从船里拿东西。寿升说道，先生给师母拎香篮哩。恰巧为先生所听见，决定把他推出去，虽然经寿升的叔父来道歉说情，终于没有成功。先生对于自己儿子也用同一方法，有一次大概鹏更的岁考成绩不好吧，先生叫他不必再读书了，将他的书册笔砚收起，捧着往里走，鹏更跟在后面说，"爹爹，我用功者，我用功者！"这事后来大约和解了结，但印象留着很深，鹏更虽然也是名秀才，大家看见他狼狈讨饶的情形以后，对于这位师兄的敬意就不免大为减少了。

贺家武秀才

三味书屋的学生相当规矩，这于先生是很有名誉的，他们在书房里没有打过架，有的犯规，也只是如上文所说，往园里去撩树上的知了壳，若是偷偷的画花，或者用纸糊的盔甲套在指头上做戏，先生不会发见，更是没有关系了。但在外边还不免要去闹事，惩罚"矮癞胡"先生的事情已经说过，其次是惩罚贺家武秀才，这件事可能闹大，可是幸而居然能够避免。原因是有人报告，小学生走过绸缎弄的贺家门口，被武秀才所骂或是打了，这学生大概也不是三味书屋的，大家一听到武秀才，便不管三七二十一的觉得讨厌，他的欺侮人是一定不会错的，决定要打倒他才快意。这回计画当然更大而且周密了，约定某一天分作几批在绸缎弄集合，章翔耀仍然是首领之一，鲁迅还特地去从楼上把介孚公做知县时给金溪县民壮挂过的腰刀拿了出来，隐藏在大褂底下，走到贺家门口去。这腰刀原是一片废铁，当然没有开口，但打起架来就是头上凿一下，也会开一个窟窿，不能不说是很有危险的事。但是这几批人好像是《水浒》的好汉似的，分散着在武秀才门前守候，却总不见他出来，可能他偶尔不在，可能他事先得到消息，怕同小孩们起冲突，但在这边认为他不敢出头，算是屈服了，由首领下令解散，各自回家。这一仗没有打成，参加的学生固然是运气，实在还是三味书屋之大幸，因为否则将使得老寿先生教书的牌子大受损伤，虽然这并非他管教不严之故，从另一方面来说，学生要打抱不平，还有点生气，正是书房的光荣，若是在广思堂受撒尿签的统治既久，一点没有反抗的精神，自然不会去闹事，却也变成了没有什么用处的人了。

沈家山羊

"从家里到塾中不过隔着十几家门面，其中有一家的主人头大身矮，家中又养着一只不经见的山羊（后来才知道这是养着厌禳火灾的），便觉得很有一种超自然的气味。同学里面有一个身子很长，虽然头也同平常人差不多少，但在全身比例上就似乎很小了。又有一个长辈，因为吸雅片烟的缘故，耸着两肩，仿佛在大衫底下横着一根棒似的。这几个现实的人在那时看了都有点异样，于是拿来戏剧化了，在有两株桂花树的院子里扮演这日常的童话剧。大头不幸的被想象为凶恶的巨人，带领着山羊，占据了岩穴，扰害平人，小头和耸肩的两个朋友便各仗了法力去征服他，小头从石窝缝中伸进头去窥探他的动静，耸肩等他出来，只用肩一夹，就把他装在肩窝里捉了来了。这些思想尽管荒唐，而且很有唐突那几位本人的地方，但在那时觉得非常愉快，我们也扮演喜剧，如打败贺家武秀才之类，但总是太与现实接触，不能感到十分的喜悦，所以就经验上说，这大头剧要算第一有趣味了。"

　　这是我在一九二三年所写关于儿童剧的一节话，正说及三味书屋的事，现在可以用在这里，只将那几位本人说明白了就好。小头即是上文说过的余姓大学生，当初大家对他印象很不好，有一次互相嘲弄，他在纸上画了一个脸，说这是某人，我们这边的人便去告诉先生，急得他吃吃辩说，"学生弗会画菩萨头，"样子非常狼狈，这之后忽然对他谅解，童话剧中拉他来做了同盟军了。养山羊的是沈家，即在王广思之东，主人沈老八与周家还有点老亲，但是样子生得奇怪，他家的山羊常在路旁吃刺觅，章翔耀等人要去骑它，往往为那看羊的独眼老婆子所骂，把大头派为凶人的原因一半即在于此。耸肩的是中房的芹侯，通称"廿八公公"，是祖父辈最小的一个，人很聪明，学过英文，会得照相修钟表。就只是鸦片瘾大，以致潦倒不堪，这里派他的脚色别无理由，单是因为他的肩头耸得特别的高而已。

　　　　　　　　　　　　　　　（《鲁迅的故家·百草园》）

两种书房

　　现代的青年大都没有受过塾师的薰陶，这是一种幸福，但依据塞翁得马的规律，同时也不免是损失。私塾里的教法多是严厉烦琐得不合理的，往往养成逃学，不爱用功的习惯，能够避免这种境遇是很好的事，但因此不知道书房的情形，看小说或传记时

　　　　　　　　　　　　　　　　朝花夕拾（典藏对照本）

便不很能了解。例如鲁迅在《朝花夕拾》里所讲三味书屋的先生，和《怀旧》里的秃先生不是一回事，这在文章的性质上，一是自述，一是小说，固然很明了，在所记事件上也一样的清楚，不可能混为一谈的。因为三味书屋是私塾，先生在家里开馆授徒，每节收束脩若干，学生早出晚归，路近的中午也回家去吃饭，有钱人家则设家塾，雇先生来教书，住在东家的家里，如秃先生那样，这完全是两种办法。鲁迅家里一直请不起先生，只是往先生家走读，所以三味书屋当是实在情状，《怀旧》里的家塾则是虚拟的描写，乃是小说而非真的回忆，即如读夜书，非在家塾也是没有的事。有人讲鲁迅的故事，把这两件事团作一起，原因一半是由于不明白从前书房的区别，但是把人品迥不相同的两位先生当做一个人，未免对于三味书屋的老先生很是失敬了。《怀旧》里影射辛亥革命时事，那时鲁迅已是三十一岁，自然也不能据为信史，说他是正在读《论语》了吧。

秃先生是谁

鲁迅的第一篇小说，民国元年用文言所写的，登在《小说月报》上面，经发见出来，在杂志上转载过，虽然错字甚多，但总之已有人注意了。不过这里发生一个误解，有好些人以为秃先生就是三味书屋的主人，这是一个很大的错误。鲁迅在书房里的老师只有这一位寿怀鉴先生，是个饱学秀才，方正廉介，书钱一年四节，每节两元，不论所读何书，鲁迅曾从他读过《尔雅》，这在全城里塾中也是没有的事。在《朝花夕拾》中著者对于他有相当敬意，那两句"金叵罗颠倒淋漓，千杯未醉，铁如意指挥倜傥，一座皆惊"，显出老先生的神气，却不是仰圣先生模样，这和《怀旧》比较就可以知道的。秃先生的名称或者从王广思堂坐馆的矮癞胡先生出来也未可知，其举动言语别无依据，只是描写那么一个庸俗恶劣的塾师，集合而成的罢了；但中间叙说他，"先生能处任何时世，而使己身无几微之痛，故虽自盘古开辟天地后，代有战争杀伐，治乱兴衰，而仰圣先生一家，虽不殉难而亡，亦未从贼而死，绵绵至今。"深刻的嘲骂乡原，与后来的小说同一气脉，很可注意。耀宗拟设席招待，乃是实事，所谓张睢阳庙则是指那狙击元将琶八之宋卫士唐将军祠也。后圃古池虽系实有，却亦不明晰，至于扑萤堕芦荡事乃是涉笔成趣，未可据为典故，正如起首云"门外有青桐一株，高可三十尺，每岁实如繁星"，也并非事实，不过所写的那个景象的确是极好的。

寿先生

覆盆桥寿家，即是三味书屋，前清末年在绍兴东半城是相当闻名的。寿先生名怀鉴，字镜吾，是个老秀才，以教读为生，他的书房是有规矩而不严厉，一年四节，从读《大学》起至《尔雅》止，一律每节大洋两元，可是远近学生总是坐满一屋的。说也奇怪，学生中间并不曾出若干秀才举人，大抵只是为读书识字而来，有大部分乃是商家子弟，有的还做着锡箔店的老板吧。寿先生教书与一般塾师有不同的一点，给学生上书时必先讲解一遍，大概只有一个例外，便是鲁迅读完五经和《周礼》之后，再读一部《尔雅》，这"初哉首基俶落权舆"一连串无可发挥，也只好读读而已。先生居家很是俭朴，有一年夏天，只备一件夏布大衫，挂在书房墙壁上，他有两个成年儿子，一矮一长，父子三人外出时轮流着用，长的（先生身材也很高）觉得短一点，矮的穿了又很有点拖拖曳曳了。这已是光绪戊戌以前的事，寿先生的次子移居北京，现今住在三味书屋的已经都是孙辈，对于那时的事情什么都不能知道了。

寿先生二

凡是品行恶劣的人，必定要装出一副道学面孔，而公正规矩，真正可以称得道学家的，却反是平易近人，一点都不摆什么架子。我有一个本家长辈，是前清举人，平日服膺程朱，不以词色假人，每早又必朗诵《阴骘文》若干遍，可是晚年渔色，演出种种丑态。相反的是三味书屋的寿先生，他持身治家十分谨严，一介不取与，叫儿子往街换钱，说定九八通行制钱，回来一百百的复算，发现中间一处有缺，立即叫儿子肩了去要求补足，他拿出给人家时也总是实数（九八、九六或五四，依照惯例，不再缺少），可以通用的钱，决不掺杂标准以下的小钱以及沙壳白板。他的儿子进了秀才，报单到时，他托出三百文板方大钱来，门斗嫌少，他便说这是父亲时代传来的老规矩，如若不满意，可以把秀才拿回去吧。

但是他平常对人无论上下总是很和气的，在书房里也决不看《阴骘文》等异端的书或《近思录》，只是仰着头高吟，"金叵罗颠倒淋漓，千杯未醉荷，铁如意指挥倜傥，一座皆惊唉。"这两句话记在鲁迅的《朝花夕拾》中，却不知道是什么人的赋，或者是吴穀人的吧。

（《鲁迅的故家·园的内外》）

父亲的病

    大约十多年前罢，S城中曾经盛传过一个名医的故事：

    他出诊原来是一元四角，特拔十元，深夜加倍，出城又加倍。有一夜，一家城外人家的闺女生急病，来请他了，因为他其时已经阔得不耐烦，便非一百元不去。他们只得都依他。待去时，却只是草草地一看，说道"不要紧的"，开一张方，拿了一百元就走。那病家似乎很有钱，第二天又来请了。他一到门，只见主人笑面承迎，道，"昨晚服了先生的药，好得多了，所以再请你来复诊一回。"仍旧引到房里，老妈子便将病人的手拉出帐外来。他一按，冷冰冰的，也没有脉，于是点点头道，"唔，这病我明白了。"从从容容走到桌前，取了药方纸，提笔写道：

    "凭票付英洋壹百元正。"下面是署名，画押。

    "先生，这病看来很不轻了，用药怕还得重一点罢。"主人在背后说。

    "可以，"他说。于是另开了一张方：

    "凭票付英洋贰百元正。"下面仍是署名，画押。

    这样，主人就收了药方，很客气地送他出来了。

我曾经和这名医周旋过两整年，因为他隔日一回，来诊我的父亲的病。那时虽然已经很有名，但还不至于阔得这样不耐烦；可是诊金却已经是一元四角。现在的都市上，诊金一次十元并不算奇，可是那时是一元四角已是巨款，很不容易张罗的了；又何况是隔日一次。他大概的确有些特别，据舆论说，用药就与众不同。我不知道药品，所觉得的，就是"药引"的难得，新方一换，就得忙一大场。先买药，再寻药引。"生姜"两片，竹叶十片去尖，他是不用的了。起码是芦根，须到河边去掘；一到经霜三年的甘蔗，便至少也得搜寻两三天。可是说也奇怪，大约后来总没有购求不到的。

　　据舆论说，神妙就在这地方。先前有一个病人，百药无效；待到遇见了什么叶天士先生，只在旧方上加了一味药引：梧桐叶。只一服，便霍然而愈了。"医者，意也。"其时是秋天，而梧桐先知秋气。其先百药不投，今以秋气动之，以气感气，所以……。我虽然并不了然，但也十分佩服，知道凡有灵药，一定是很不容易得到的，求仙的人，甚至于还要拼了性命，跑进深山里去采呢。

　　这样有两年，渐渐地熟识，几乎是朋友了。父亲的水肿是逐日利害，将要不能起床；我对于经霜三年的甘蔗之流也逐渐失了信仰，采办药引似乎再没有先前一般踊跃了。正在这时候，他有一天来诊，问过病状，便极其诚恳地说：

　　"我所有的学问，都用尽了。这里还有一位陈莲河先生，本领比我高。我荐他来看一看，我可以写一封信。可是，病是不要紧的，不过经他的手，可以格外好得快……。"

这一天似乎大家都有些不欢，仍然由我恭敬地送他上轿。进来时，看见父亲的脸色很异样，和大家谈论，大意是说自己的病大概没有希望的了；他因为看了两年，毫无效验，脸又太熟了，未免有些难以为情，所以等到危急时候，便荐一个生手自代，和自己完全脱了干系。但另外有什么法子呢？本城的名医，除他之外，实在也只有一个陈莲河了。明天就请陈莲河。

陈莲河的诊金也是一元四角。但前回的名医的脸是圆而胖的，他却长而胖了：这一点颇不同。还有用药也不同，前回的名医是一个人还可以办的，这一回却是一个人有些办不妥帖了，因为他一张药方上，总兼有一种特别的丸散和一种奇特的药引。

芦根和经霜三年的甘蔗，他就从来没有用过。最平常的是"蟋蟀一对"，旁注小字道："要原配，即本在一窠中者。"似乎昆虫也要贞节，续弦或再醮，连做药资格也丧失了。但这差使在我并不为难，走进百草园，十对也容易得，将它们用线一缚，活活地掷入沸汤中完事。然而还有"平地木十株"呢，这可谁也不知道是什么东西了，问药店，问乡下人，问卖草药的，问老年人，问读书人，问木匠，都只是摇摇头，临末才记起了那远房的叔祖，爱种一点花木的老人，跑去一问，他果然知道，是生在山中树下的一种小树，能结红子如小珊瑚珠的，普通都称为"老弗大"。

"踏破铁鞋无觅处，得来全不费工夫。"药引寻到了，然而还有一种特别的丸药：败鼓皮丸。这"败鼓皮丸"就是用打破的旧鼓皮做成；水肿一名鼓胀，一用打破的鼓皮自然就可以克伏他。清朝的刚毅因为憎恨"洋鬼子"，预备打他们，练了些兵称作"虎神营"，取虎能食羊，神能伏鬼的意思，也就是这道理。可惜这一种神药，全城中只有一家出售的，离我家就有五里，但这却不像平地木那样，必须暗中摸索了，陈莲河先生开方之后，就恳切详细地给我们说明。

"我有一种丹，"有一回陈莲河先生说，"点在舌上，我想一定可以见效。因为舌乃心之灵苗……。价钱也并不贵，只要两块钱一盒……。"

我父亲沉思了一会，摇摇头。

"我这样用药还会不大见效，"有一回陈莲河先生又说，"我想，可以请人看一看，可有什么冤愆……。医能医病，不能医命，对不对？自然，这也许是前世的事……。"

我的父亲沉思了一会，摇摇头。

凡国手，都能够起死回生的，我们走过医生的门前，常可以看见这样的匾额。现在是让步一点了，连医生自己也说道："西医长于外科，中医长于内科。"但是 S 城那时不但没有西医，并且谁也还没有想到天下有所谓西医，因此无论什么，都只能由轩辕岐伯的嫡派门徒包办。轩辕时候是巫医不分的，所以直到现在，他的门徒就还见鬼，而且觉得"舌乃心之灵苗"。这就是中国人的"命"，连名医也无从医治的。

不肯用灵丹点在舌头上，又想不出"冤愆"来，自然，单吃了一百多天的"败鼓皮丸"有什么用呢？依然打不破水肿，父亲终于躺在床上喘气了。还请一回陈莲河先生，这回是特拔，大洋十元。他仍旧泰然的开了一张方，但已停止败鼓皮丸不用，药引也不很神妙了，所以只消半天，药就煎好，灌下去，却从口角上回了出来。

从此我便不再和陈莲河先生周旋，只在街上有时看见他坐在三名轿夫的快轿里飞一般抬过；听说他现在还康健，一面行医，一面还做中医什么学报，正在和只长于外科的西医奋斗哩。

中西的思想确乎有一点不同。听说中国的孝子们，一到将要"罪孽深重祸延父母"的时候，就买几斤人参，煎汤灌下去，希望父母多喘几天气，即使半天也好。我的一位教医学的先生却教给我医生的职务道：可医的应该给他医治，不可医的应该给他死得没有痛苦。——但这先生自然是西医。

父亲的喘气颇长久，连我也听得很吃力，然而谁也不能帮助他。我有时竟至于电光一闪似的想道："还是快一点喘完了罢……。"立刻觉得这思想就不该，就是犯了罪；但同时又觉得这思想实在是正当的，我很爱我的父亲。便是现在，也还是这样想。

早晨，住在一门里的衍太太进来了。她是一个精通礼节的妇人，说我们不应该空等着。于是给他换衣服；又将纸锭和一种什么《高王经》烧成灰，用纸包了给他捏在拳头里……。

"叫呀，你父亲要断气了。快叫呀！"衍太太说。

"父亲！父亲！"我就叫起来。

"大声！他听不见。还不快叫？！"

"父亲！！！父亲！！！"

他已经平静下去的脸，忽然紧张了，将眼微微一睁，仿佛有一些苦痛。

"叫呀！快叫呀！"她催促说。

"父亲！！！"

"什么呢？ ……不要嚷。……不……。"他低低地说，又较急地喘着气，好一会，这才复了原状，平静下去了。

"父亲！！！"我还叫他，一直到他咽了气。

我现在还听到那时的自己的这声音，每听到时，就觉得这却是我对于父亲的最大的错处。

十月七日。

解　说

父亲的病

关于伯宜公的病，《百草园》内有第六二节《病》，以及《园的内外》第十四节《三个医生》，都已说及了。那一篇《病》本来应当列为第三一节，误排在后面，所以与前后没有什么联络。这里要补充的只是伯宜公的生卒年月，他生于清咸丰庚申（一八六〇年）十二月二十一日，卒于光绪丙申（一八九六年）九月初六日，年三十七岁。

（《鲁迅小说里的人物·彷徨衍义》）

伯宜公

伯宜公本名凤仪，改名文郁，考进会稽县学生员，后又改名仪炳，应过几次乡试，未中式。他看去似乎很是严正，实际却并不厉害，他没有打过小孩，虽然被母亲用一种叫做呼筱（音笑）的竹枝谿上几下的事情总是有的。因为他寡言笑，小孩少去亲近，除吃酒时讲故事外，后来记得的事不很多。有一次大概是光绪辛卯（一八九一）年吧，他从杭州乡试回家，我们早起去把他带回来的一木箱玩具打开来看，里边有一件东西很奇怪，用赤金纸做的腰圆厚纸片，顶有红线，两面各写"金千两"字样，事隔多年之后才感到那箱玩具是日本制品，但是别的有些什么东西却全不记得了。此外有几张紫砂小盘，上有鲤鱼跳龙门的花纹，乃是闹中给月饼吃时的碟子，拿来正好作家事游戏，俗语云办人家。又一回记得他在大厅明堂里同两三个本家站着，面有忧色的在谈国事，那大概是甲午秋冬之交，左宝贵战死之后吧。他又说过，现在有四个儿子，将来可以派一个往西洋去，一个往东洋去做学问，这话由鲁老太太传说下来，当然是可靠的，那时读书人只知道重科名，变法的空气还一点没有，他的这种意见总是很难得的了。他说这话大抵也在甲午乙未这时候吧，因为他的四子生于癸巳六月，而他自己则是丙申九月去世的，距生于咸丰庚申，年三十七岁，乡下以三十六岁为本寿，意思是说一个人起码的寿命，犹如开店的本钱。他的生日在十二月，所以严格的说，整三十六年还差三个月。

病

关于伯宜公的病，《朝花夕拾》中有专写的一篇，但那是重在医药，对于江湖派的旧医生下了一个总攻击，其意义与力量是不可以小看的。但是病状方面只说到是水肿，不曾细说，现在想来补充几句，只是事隔半世纪以上，所记得的也不很多了。

伯宜公于丙申年九月初六日去世，这从旧日记上记他的忌日那里查到，但他的病是什么时候起的呢，那就没有地方去查了。

《朝花夕拾》中说请姚芝仙看了两年，又请何廉臣看了一百多天，约略估计起来，算是两年四个月吧，那么该是起于甲午年的四五月间。可是据我的记忆，伯宜公有一天在大厅明堂里同了两个本家弟兄谈论中日战争，表示忧虑，那至早也当在甲午八月黄海战败之后，东关金家小姑母八月之丧他也是自己去吊的，所以他的病如在那一年发生，可能是在冬季吧。

最早的病象是吐狂血：因为是吐在北窗外的小天井里，不能估量共有几何，但总之是不很少，那时大家狼狈的情形至今还能记得。根据"医者意也"的学说，中国相传陈墨可以止血，取其墨色可以盖过红色，于是赶紧在墨海里研起墨来，倒在茶杯里，送去给他喝。小孩在尺八纸上写字，屡次舐笔，弄得"乌嘴野猫"似的，极是平常，他那时也有这样情形，想起来时还是悲哀的，虽是蒙胧的存在眼前。这以后却也不再吐了，接着是医方与单方并进，最初作为肺痈医治，于新奇的药引之外，寻找多年埋在地下化为清水的腌菜卤，屋瓦上经过三年霜雪的萝卜菜，或得到或得不到，结果自然是毫无效验。现在想起来，他的病并无肺结核的现象，那吐血不知是从哪里来的。随后脚背浮肿，渐至小腿，乃又作水肿医治，反正也只是吃"败鼓皮丸"。终于肿到胸腹之间，他常诉说有如被一匹小布束紧着，其难受是可想而知的了。他逝世的时刻是在晚上，那时椿寿只有四岁，已经睡着了，特别叫了起来，所以时间大概在戌亥之间吧。

（《鲁迅的故家·百草园》）

三个医生

　　《朝花夕拾》第八篇是《父亲的病》，里边讲到三个医生，虽然只说出了一个人的名字，即是陈莲河本名何廉臣，是最后的一个。说"舌乃心之灵苗"，一种什么丹点在舌头上，可以见效的，实在乃是最初的医生，只记得姓冯，名字已失传，当时病人还能走出到堂前廊下来看病，可以为证。他大概只来了两三回，就不再请了，这倒与心之灵苗无关，原因是上一次说"老兄的病不轻，令郎的没有什么"，下回来时却说的相反了，他穿了古铜色的夹缎袍，酒气拂拂，其说不清楚或者也是无足怪的。灵苗一说未曾和他的大名一同散逸，却也成了佚文，没有归宿，所以便借挂在何大夫的账上，虽然实在并不是他所说的。中间的医生是姚芝仙，医方的花样最多，仿佛是江湖派的代表，至于篇首所记的一个名医的故事，那时候的确有这传说，事实究竟如何，现在不能确说。此外有盛名的医生本来还有一个朱滋仁，就住在东边贴间壁，几乎有华佗转世的名誉，可惜他自己先归道山了，来不及请教他，他虽然在上海洋场上很久，可是江湖气似乎还不很重。《从百草园到三味书屋》中说园与房子现在卖给了朱文公的子孙，那就是他的儿子朱朗仙是也。

（《鲁迅的故家·园的内外》）

琐　记

　　衍太太现在是早经做了祖母，也许竟做了曾祖母了；那时却还年青，只有一个儿子比我大三四岁。她对自己的儿子虽然狠，对别家的孩子却好的，无论闹出什么乱子来，也决不去告诉各人的父母，因此我们就最愿意在她家里或她家的四近玩。

　　举一个例说罢，冬天，水缸里结了薄冰的时候，我们大清早起一看见，便吃冰。有一回给沈四太太看到了，大声说道："莫吃呀，要肚子疼的呢！"这声音又给我母亲听到了，跑出来我们都挨了一顿骂，并且有大半天不准玩。我们推论祸首，认定是沈四太太，于是提起她就不用尊称了，给她另外起了一个绰号，叫作"肚子疼"。

　　衍太太却决不如此。假如她看见我们吃冰，一定和蔼地笑着说，"好，再吃一块。我记着，看谁吃的多。"

　　但我对于她也有不满足的地方。一回是很早的时候了，我还很小，偶然走进她家去，她正在和她的男人看书。我走近去，她便将书塞在我的眼前道，"你看，你知道这是什么？"我看那书上画着房屋，有两个人光着身子仿佛在打架，但又不很像。正迟疑间，他们便大笑起来了。这使我很不高兴，似乎受了一个极大的侮辱，不到那里去大约有十多天。一回是我已经十多岁了，和几个孩子比赛打旋子，看谁旋得多。她就从旁计着数，说道，"好，八十二个了！再旋一个，八十三！好，八十四……"但正在旋着的阿祥，忽然跌倒了，阿祥的婶母也恰恰走进来。她便接着说道，"你看，不是跌了么？不听我的话。我叫你不要旋，不要旋……。"

虽然如此，孩子们总还喜欢到她那里去。假如头上碰得肿了一大块的时候，去寻母亲去罢，好的是骂一通，再给擦一点药；坏的是没有药擦，还添几个栗凿和一通骂。衍太太却决不埋怨，立刻给你用烧酒调了水粉，搽在疙瘩上，说这不但止痛，将来还没有瘢痕。

父亲故去之后，我也还常到她家里去，不过已不是和孩子们玩耍了，却是和衍太太或她的男人谈闲天。我其时觉得很有许多东西要买，看的和吃的，只是没有钱。有一天谈到这里，她便说道，"母亲的钱，你拿来用就是了，还不就是你的么？"我说母亲没有钱，她就说可以拿首饰去变卖；我说没有首饰，她却道，"也许你没有留心。到大厨的抽屉里，角角落落去寻去，总可以寻出一点珠子这类东西……。"

这些话我听去似乎很异样，便又不到她那里去了，但有时又真想去打开大厨，细细地寻一寻。大约此后不到一月，就听到一种流言，说我已经偷了家里的东西去变卖了，这实在使我觉得有如掉在冷水里。流言的来源，我是明白的，倘是现在，只要有地方发表，我总要骂出流言家的狐狸尾巴来，但那时太年青，一遇流言，便连自己也仿佛觉得真是犯了罪，怕遇见人们的眼睛，怕受到母亲的爱抚。

好。那么，走罢！

但是，那里去呢？S城人的脸早经看熟，如此而已，连心肝也似乎有些了然。总得寻别一类人们去，去寻为S城人所诟病的人们，无论其为畜生或魔鬼。那时为全城所笑骂的是一个开得不久的学校，叫作中西学堂，汉文之外，又教些洋文和算学。然而已经成为众矢之的了；熟读圣贤书的秀才们，还集了"四书"的句子，做一篇八股来嘲诮它，这名文便即传遍了全城，人人当作有趣的话柄。我只记得那"起讲"的开头是：

"徐子以告夷子曰：吾闻用夏变夷者，未闻变于夷者也。

今也不然：鴃舌之音，闻其声，皆雅言也。……"

以后可忘却了，大概也和现今的国粹保存大家的议论差不多。但我对于这中西学堂，却也不满足，因为那里面只教汉文，算学，英文和法文。功课较为别致的，还有杭州的求是书院，然而学费贵。

无须学费的学校在南京，自然只好往南京去。第一个进去的学校，目下不知道称为什么了，光复以后，似乎有一时称为雷电学堂，很像《封神榜》上"太极阵""混元阵"一类的名目。总之，一进仪凤门，便可以看见它那二十丈高的桅杆和不知多高的烟通。功课也简单，一星期中，几乎四整天是英文："It is a cat.""Is it a rat？"一整天是读汉文："君子曰，颍考叔可谓纯孝也已矣，爱其母，施及庄公。"一整天是做汉文：《知己知彼百战百胜论》，《颍考叔论》，《云从龙风从虎论》，《咬得菜根则百事可做论》。

初进去当然只能做三班生，卧室里是一桌一凳一床，床板只有两块。头二班学生就不同了，二桌二凳或三凳一床，床板多至三块。不但上讲堂时夹着一堆厚而且大的洋书，气昂昂地走着，决非只有一本"泼赖妈"和四本《左传》的三班生所敢正视；便是空着手，也一定将肘弯撑开，像一只螃蟹，低一班的在后面总不能走出他之前。这一种螃蟹式的名公巨卿，现在都阔别得很久了，前四五年，竟在教育部的破脚躺椅上，发见了这姿势，然而这位老爷却并非雷电学堂出身的，可见螃蟹态度，在中国也颇普遍。

可爱的是桅杆。但并非如"东邻"的"支那通"所说，因为它"挺然翘然"，又是什么的象征。乃是因为它高，乌鸦喜鹊，都只能停在它的半途的木盘上。人如果爬到顶，便可以近看狮子山，远眺莫愁湖，——但究竟是否真可以眺得那么远，我现在可委实有点记不清楚了。而且不危险，下面张着网，即使跌下来，也不过如一条小鱼落在网子里；况且自从张网以后，听说也还没有人曾经跌下来。

原先还有一个池，给学生学游泳的，这里面却淹死了两个年幼的学生。当我进去时，早填平了，不但填平，上面还造了一所小小的关帝庙。庙旁是一座焚化字纸的砖炉，炉口上方横写着四个大字道："敬惜字纸"。只可惜那两个淹死鬼失了池子，难讨替代，总在左近徘徊，虽然已有"伏魔大帝关圣帝君"镇压着。办学的人大概是好心肠的，所以每年七月十五，总请一群和尚到雨天操场来放焰口，一个红鼻而胖的大和尚戴上毗卢帽，捏诀，念咒："回资啰，普弥耶吽！唵耶吽！唵！耶！吽！！！"

我的前辈同学被关圣帝君镇压了一整年，就只在这时候得到一点好处，——虽然我并不深知是怎样的好处。所以当这些时，我每每想：做学生总得自己小心些。

总觉得不大合适，可是无法形容出这不合适来。现在是发见了大致相近的字眼了，"乌烟瘴气"，庶几乎其可也。只得走开。近来是单是走开也就不容易，"正人君子"者流会说你骂人骂到了聘书，或者是发"名士"脾气，给你几句正经的俏皮话。不过那时还不打紧，学生所得的津贴，第一年不过二两银子，最初三个月的试习期内是零用五百文。于是毫无问题，去考矿路学堂去了，也许是矿路学堂，已经有些记不真，文凭又不在手头，更无从查考。试验并不难，录取的。

这回不是 It is a cat 了，是 Der Mann，Das Weib，Das Kind。汉文仍旧是"颍考叔可谓纯孝也已矣"，但外加《小学集注》。论文题目也小有不同，譬如《工欲善其事必先利其器论》，是先前没有做过的。

此外还有所谓格致，地学，金石学，……都非常新鲜。但是还得声明：后两项，就是现在之所谓地质学和矿物学，并非讲舆地和钟鼎碑版的。只是画铁轨横断面图却有些麻烦，平行线尤其讨厌。但第二年的总办是一个新党，他坐在马车上的时候大抵看着《时务报》，考汉文也自己出题目，和教员出的很不同。有一次是《华盛顿论》，汉文教员反而惴惴地来问我们道："华盛顿是什么东西呀？……"

看新书的风气便流行起来，我也知道了中国有一部书叫《天演论》。星期日跑到城南去买了来，白纸石印的一厚本，价五百文正。翻开一看，是写得很好的字，开首便道：

> "赫胥黎独处一室之中，在英伦之南，背山而面野，槛外诸境，历历如在机下。乃悬想二千年前，当罗马大将恺彻未到时，此间有何景物？计惟有天造草昧……"

哦！原来世界上竟还有一个赫胥黎坐在书房里那么想，而且想得那么新鲜？一口气读下去，"物竞""天择"也出来了，苏格拉第，柏拉图也出来了，斯多噶也出来了。学堂里又设立了一个阅报处，《时务报》不待言，还有《译学汇编》，那书面上的张廉卿一流的四个字，就蓝得很可爱。

"你这孩子有点不对了，拿这篇文章去看去，抄下来去看去。"一位本家的老辈严肃地对我说，而且递过一张报纸来。接来看时，"臣许应骙跪奏……"，那文章现在是一句也不记得了，总之是参康有为变法的；也不记得可曾抄了没有。

仍然自己不觉得有什么"不对"，一有闲空，就照例地吃侉饼，花生米，辣椒，看《天演论》。

但我们也曾经有过一个很不平安的时期。那是第二年，听说学校就要裁撤了。这也无怪，这学堂的设立，原是因为两江总督（大约是刘坤一罢）听到青龙山的煤矿出息好，所以开手的。待到开学时，煤矿那面却已将原先的技师辞退，换了一个不甚了然的人了。理由是：一、先前的技师薪水太贵；二、他们觉得开煤矿并不难。于是不到一年，就连煤在那里也不甚了然起来，终于是所得的煤，只能供烧那两架抽水机之用，就是抽了水掘煤，掘出煤来抽水，结一笔出入两清的账。既然开矿无利，矿路学堂自然也就无须乎开了，但是不知怎的，却又并不裁撤。到第三年我们下矿洞去看的时候，情形实在颇凄凉，抽水机当然还在转动，矿洞里积水却有半尺深，上面也点滴而下，几个矿工便在这里面鬼一般工作着。

毕业，自然大家都盼望的，但一到毕业，却又有些爽然若失。爬了几次桅，不消说不配做半个水兵；听了几年讲，下了几回矿洞，就能掘出金银铜铁锡来么？实在连自己也茫无把握，没有做《工欲善其事必先利其器论》的那么容易。爬上天空二十丈和钻下地面二十丈，结果还是一无所能，学问是"上穷碧落下黄泉，两处茫茫皆不见"了。所余的还只有一条路：到外国去。

留学的事，官僚也许可了，派定五名到日本去。其中的一个因为祖母哭得死去活来，不去了，只剩了四个。日本是同中国很两样的，我们应该如何准备呢？有一个前辈同学在，比我们早一年毕业，曾经游历过日本，应该知道些情形。跑去请教之后，他郑重地说：

"日本的袜是万不能穿的，要多带些中国袜。我看纸票也不好，你们带去的钱不如都换了他们的现银。"

四个人都说遵命。别人不知其详，我是将钱都在上海换了日本的银元，还带了十双中国袜——白袜。

后来呢？后来，要穿制服和皮鞋，中国袜完全无用；一元的银圆日本早已废置不用了，又赔钱换了半元的银圆和纸票。

十月八日。

　　　　　　　　　　　　朝花夕拾（典藏对照本）

解　说

S 城人

　　《琐记》一篇里所说的事可以分作前后两截，前截说衍太太的事情，后截说南京的学堂。衍太太是平水山乡的出身，可是人很能干，却又干的多是损人不利己的事，这在本文里已经说的够明白了，虽然如前一章里说她指挥叫喊临终的父亲，那在旧时习俗上是不可能有的，我们在《百草园》中也曾加以说明。拿春画给小孩看，一方面轻侮他的无知，一方面含有来斲伤他天真的意思，在事实上可常碰到，森鸥外在他的自叙小说《性的生活》（*Vita Sexualis*）中记着同样的事情。奖励小孩转旋，到跌倒时又说风凉话，亦是事实，那受害人即是玉田的儿子仲阳，他比她的儿子鸣山小一岁，是光绪丁丑（一八七七年）生的。劝告著者寻找什么珠子卖钱当然是事实吧，但是我不知道，因为丁酉至戊戌是在杭州，在闰三月十二三日他走过杭州，便往南京去了。本文中说预备离开家乡，其理由是因为 "S 城人的脸早经看熟，如此而已，连心肝也似乎有些了然。总得寻别一类人们去，去寻为 S 城人所诟病的人们，无论其为畜生或魔鬼"。这里他表示出对于庸俗的乡人的憎恶，这是无怪的，S 城人的确有些恶质，虽然一半因为熟知的缘故，所以如此感觉也未可知。学堂诚然为 S 城人所诟病，可是这里边的人和他们究竟相去有多远，那也就很难确说吧。

学　堂

　　说到学堂，第一提及的是绍兴的中西学堂，这是会稽徐氏所创办的，虽然是故乡的事情，却是记不周全了，只知道是徐仲凡主持其事而已。徐氏兄弟一名友兰，曾编刻《越中先正遗书》四集，此外又刻好些书，曾见过一小册书目，在大街水澄桥下墨润堂书庄发售，可惜除了《铸学斋丛书》和《文林绮绣》以外都记不得了。一名树兰，即仲凡，他同了别人办起中西学堂，后来改为府学堂，光绪甲辰（一九〇四年）记得曾去看一个在那里读书的本家，那时徐伯荪正在做监学，还亲自教着兵操，大概在第二年他便往日本留学去了。学堂里教算学以至格致还不要紧，因为这可以算古已有之的东西，唯独洋文最是犯忌，中西学堂以此成为众矢之的，熟读圣贤书的秀才们，还集了《四书》的句子，做一篇八股文来嘲诮它，这名文起讲的开头云："徐子以告夷子曰：吾闻用夏变夷者，未闻变于夷者也。今也不然，鴃舌之音，闻其声，皆雅言也。"虽然这文章的全本不曾流传下来，很是可惜，但这一节也很精彩，可见一斑，其运用徐子夷子的地方尤见匠心，正是非斲轮老手不办。南京的学堂不但教授夷语，而且有些根本上就是武备性质的，S城人自然更要看不起，所以当著者进了南京学堂的时候，本家叔伯辈便有人直斥之曰，"这乃是兵！"因为好男不当兵，这就十足表示其人之不足道了。

　　　　　　　　　　　　　　　　　　　　朝花夕拾（典藏对照本）

南　京

　　鲁迅往南京去，第一个进去的学校是江南水师学堂，"光复以后，似乎有一时称为雷电学堂，很像《封神榜》上'太极阵'、'混元阵'一类的名目。"他于戊戌春间进去，大概不到一年便出来了，于己亥改进了江南陆师学堂里附设的矿路学堂。水师学堂设在仪凤门里，那桅杆和烟通的确很高，虽然桅杆二十丈高恐怕也还不到。本文中说一星期中功课，几乎四整天是英文，一整天是读汉文，一整天是做汉文，但在辛丑（一九〇一年）我进校去的时候，这已有改变，成为五整天是洋文，一整天是汉文了。前后相差两年，情形稍有不同，但我所知道的只是辛丑以来的事情，便根据了来作补充说明。不久以前曾写有《学堂生活》二十四节，就记忆所及，关于水师学堂略有记述，今便附于卷末，以资参考。本文中说离开水师学堂的原因，只笼统的道："总觉得不大合适，可是无法形容出这不合适来。现在是发见了大致相近的字眼了，'乌烟瘴气'，庶几乎其可也。"这乌烟瘴气的具体说明可以在《学堂生活》第十八九两节找到，这里便可省得复述了。

（《鲁迅小说里的人物·彷徨衍义》）

五十年前的学堂

　　学校本来是古已有之的东西，虽然古今中外名称各有不同。西洋的有些大学有四五百年历史，不能算很老，但系统是接连着的，中国从春秋时代说起就已有二千五百年，只是中间有过好些变动，顶明显的是清末的这一段，县学、书院变为学堂，民国初年一律称为学校，于是前后分为两橛，内容办法差不多完全各别了。

在科举时代，只凭了八股文、试帖诗考取人才，学校的空名称还是存在，各府县都有官学，设有教官，每年由学政考取入学的秀才名为生员，实在即是学生，附生、增生是附加和增取的，廪膳生乃是成绩好给予公费的，原意都叫他们在学里读书，由教官监督，学政每年岁试，三年科试，以定进退。实际上他们终年不见教官的面，学堂里也没有教室宿舍的设备。书院里大概多少有点设备了，可是真是住宿在那里用功也绝无仅有，至少就我所知道是没有。初改办学堂的时候，大约可以说是戊戌至辛亥，正是过渡时代，有好些私塾书院的余风夹杂在里面，现在说起来不免觉得可笑，一面却也未始不是社会风俗的资料。就我所知道的范围内，把二十世纪初年的情形记录一点下来，时间不过五十年，但也可见现代教育进步的多么多而且快了。

学堂与学院

康有为于戊戌五月上书，请开学校，京师大学堂以及府县学堂都在这以后成立，但是关于军事的学堂则早已有了。这年代手边无书查考，我们只要计算严几道的年龄，就可以推知总当在光绪之初，在创办制造局的时候吧。水师学堂当然最早是在福建，我所知道的只是在南京的那一个，一九〇一年我到那里，正遇见杜锡珪那一班毕业，班数虽不可考，如以第三、四班计算，那么开校的年代也当在七十年前了。当时还有一个陆师学堂，设立稍晚，近旁有格致书院，性质是一种理科的专门学校，不知何以只称书院，在杭州也有求是书院，仿佛是文学堂那时是称书院似的，但这也并不一定，因为过了两年在鼓楼下开办了两江师范学堂，这名称已经通用，至于格致书院后来似已停办，详细情形却不明了。说也奇怪，其时学堂很少，学生在社会上常被歧视，文学生长衫马褂，还没有什么，武学生穿了操衣马靴，被人看作吃粮的，他们也就反抗的看不起别人，连书院的朋友也在内，两学堂的学生互有来往，与格致书院的人可以始终不认识一个人。两江师范成立以后，有人宣传革命，始渐打破这个界限，但格致书院大概已经没有了，所以归结起来说，这学堂与书院的隔阂问题终于没有消灭。

歧　途

　　我到南京是在一九〇一年，即清光绪辛丑年八月。那时子弟读书目的是在赶考，看看科举没有希望，大抵降一等去学幕，吃师爷饭，再不然则学生意，其等级是当铺、钱店以至布店，此外还有两样自由职业，即是做医生和教书，不过这不大稳固，而且也要起码是个秀才，才可以称儒医、坐家馆，否则有时候倒是还不如去开豆腐店了。我其时真是所谓低不就来高不凑，看着这几条路都走不来，结果便想到了学堂，那在当时算不得什么正路，但是没有别的法子，也就只有这最后的一着了。还是在一八九九年冬天，祖父从杭州写信来说，杭州成立求是书院，兼习中西学，各延教习，在院诸生每日一粥二饭，菜亦丰，若每月考列上等，有三四元的奖金，且可兼考各书院，明正二十日开考，招儒童六十人，如有志上进，尽可来考云。我那时候没有去，说是无志上进么，那当然未必，问题大概还是在于经济，那里膳宿该是公费的吧，别的用度须得自备，那三四元的奖金实在很是渺茫，上等岂是容易考的呢？为了这一难关的缘故，便耽误了两年的光阴，终于转到南京去，因为当初虽然要付膳费，但甄别及格补缺之后，一切均由公家供给，且发给赡银，这于穷学生是很适宜的。书院没有赡银，武学堂近似当兵，读书人不大愿意去，所以特别优待，但到了清末也逐渐改变减除了。

　　　　　　　　　　　　　　　朝花夕拾（典藏对照本）

路　程

从家里到学堂，大抵要花路费六元，前后要六天工夫。第一天下午趁最近的东双桥的航船，开铺大概是二百文吧，傍晚开船，第二天早晨到萧山的西兴镇，停泊在俞五房过塘行的河埠。在间壁饭店（大抵在过塘行间壁多有饭店吧）吃了早点，如果轻身而且识路，可以步行，但有行李又要赶路，只好在行里雇轿，价在一元以内，渡过钱塘江，走到豆腐（或写作"斗富"）三桥，在沈宏远行歇下。午饭后下船往拱辰桥去，先在内河里走，下了一个坝，出至运河，没有多少路就到船埠，上了戴生昌或大东公司沪杭路小火轮的拖船，客舱一元五角，航行约须二十四小时，至第三天下午四时顷到达上海。本来如去赶长江轮船，也还可以来得及，但是说不定会遇见人满，无插足之地，所以不如在上海暂住一天，较为从容。住处是老椿记或周昌记，房饭钱两角四，想起来实在不算贵。第四天上轮船，不问招商或怡和、太古，只要那天的船就好，散舱一元半之谱，却不一定有舱位，有时只得睡地铺，次日在船上，第六天里总可以到南京下关了。上边所说的是平常来往的路程，第一次去的时候乃是与封燮臣君一家同行，在上海多停了两天，七月廿九日从乡下姚家埭出发，至八月初六日才到南京，所坐的是招商的江永船，它走得慢，这名字倒很适切，正如那只顶小的船自称是江宽吧。

入学考试

等考学堂，必须暂住客栈，花费就不小，幸而我有本家的叔祖在学堂里当管轮堂的监督，可以寄住在他的房里，只要每月贴三块钱的饭钱给厨房就行。我于八月初六日走到，初九日即考试额外生，据旧日记说是共五十九人，难道真是有那么多吗，现在却也说不清了。考的是作论一篇，题云"云从龙风从虎论"，一上午做了，日记上说有二百七十字，不知是怎么样说的，至今想起来也觉得奇怪。十六日出榜，取了三名，正取胡鼎，我是备取第一，第二是谁不记得了。十七日复试，题云"虽百世可知也论"，以后不曾发榜，大概这样就算都已考取了吧，到了九月初一日通知到校上课。这两个论题真是难得很，非是能运用试帖诗、八股文的作法者都不能做得好，初试时五十六个人一齐下了第，就是我们三人也不知怎的逃过第二难关的，因为那要比第一个题目更是空洞了。可是且慢，难的还在后头，我们上课一个月之后，遇着全校学生汉文分班考试，策论的题目是："问：孟子曰，我四十不动心，又曰，我善养吾浩然之气，平时用功，此心此气究如何分别，如何相通，试详言之。"列位看了这个题目，有不对我们这班苦学生表示同情的么？一星期后榜出来了，计头班二十四名，二班二十名，其余都是三班，总有五六十吧，大抵什九是老班学生，大家遇到此心此气，简直是一败涂地了。

副　额

　　江南水师学堂本来内分三科，即是驾驶、管轮和鱼雷，但是在一九〇一年时鱼雷班已经停办，驾驶与管轮原设有头二三班，预定每班三年，那时候三班也已裁去，事实上又不能招收新生直入二班，所以又改头换面的添了一种副额，作为三班的替代。招生时称为额外生，考取入堂试读三个月，甄别一次，只要学科成绩平均有五成，就算及格，比后来的六十分还要宽大，这之后就补了副额学生了。各班学生除膳宿、衣靴、书籍、仪器悉由公家供给外，每月各给津贴，称为赡银，副额是起码的一级，月给一两，照例折发银洋一元，制钱三百六十一文。我自九月初一日进堂，至十二月初一日成为正式学生，洋汉功课照常进行，兵操、打靶等则到了次年壬寅即一九〇二年三月发下操衣马靴来，这才开始。洋汉功课，我用的是原来的术语，因为那里的学科总分为汉文、洋文两部，一星期中五天上洋文，一天上汉文。洋文中间包括英语、数学、物理、化学等中学功课，以至驾驶、管轮各该专门知识，因为都用英文，所以总名如此，各班由一个教习专任，从早八时到午后四时，接连五天，汉文则另行分班，也由各教习专教一班，不过每周只有一天，就省力得多了。就那时计算，校内教习计洋文六人、汉文四人、兵操体操各一人，学生总数说不清，大概在一百至一百二十人之间吧。

学堂的房屋

要说学堂的生活，须得先把房屋说明一下才行。因为不能确说，姑且算是坐北朝南的吧，从朝东的大门进去，二门朝南，中间照例是中堂签押房等，附属有文书会计处，后边是学生饭厅，隔着院子，南北各三大间，再往北是风雨操场，后面一片广场，竖立着一根桅杆，因为底下张着粗索的网，所以占着不小的面积。以上算是中路。东面靠近大门有一所小洋房，是给两个头班教习住的，那时驾驶的是何利得，管轮的是彭耐尔，都是英国人，大概不过是尉官吧？隔墙一长堁是驾驶堂，向西开门，其迤北一部与操场相并，北边并列机器厂与鱼雷厂，又一个厂分作两部，乃翻沙厂和木工厂，到这里东路就完了。西路南头是一个小院子，接着是洋文讲堂，系东西各独立四间，中为甬道，小院有门通外边，容洋教习出入，头班讲堂即在南头，其次为二三班，北头靠东一间原为鱼雷讲堂，靠西的是洋枪库。汉文讲堂在其东偏，系东向的一带厢房，介于中路与东路之间。洋文讲堂之北是一小块空地，西边有门，出去是兵操和打靶的地方，乃是学堂的外边了。管轮堂即在此空地之北，招牌挂在向东的墙门外，也是一长堁，构造与驾驶堂一样。后面西北角旧有鱼雷堂，只十几间，东邻是一所关帝庙，有打更的老头子住在里面，我们将来还要说到他，现在在讲房屋，只能至此为止了。

管轮堂

　　管轮堂坐北朝南，长方一块，外院南屋一排九间，中间是走向洋文讲堂等处的通路，其余是教习的听差和吹号人等所住的房间，北屋也有九间，中间通往宿舍，左右住着教习们，中央靠东的一间监督所住。院子的东墙开一头门，外挂管轮堂三字的木板，接着是一条由西北往东南的曲折的走廊，走到饭厅，穿过那院子，再往南折，便是出门去的路。内院即是学生的宿舍，这建筑在光绪初年，与后来北大、清华的新宿舍迥不相同，或者多分近似旧书院的制度也未可知。那是一个大院子，东西相对各是十六间的平房，门外有廊，其第八间外面中盖有过廊，不能使用，空着不算，所以号舍共计是三十间，这大概总占地面五分之四吧，还有西边五分之一，则是听差的住处，由那空间的通路走到宿舍来，那里的大院子往北去可以通到便所，往南则是茶炉，再出去就是监督的门口了。宿舍定规每间住两个人，照例一人发给床板一副，床架有柱，可挂帐子；两抽屉半桌一张，凳一个，大书架、箱子架和面盆架各一个，可以够用。又油灯一盏，油钱二百文，交给听差办理，若是要点洋油灯，则自己加添一百文，那玻璃油壶的洋灯也须得自己置办了。大抵当副额时只好用香油灯对付，到得升了二班，便换了洋灯，但这只是说那穷学生。后来有些带钱到学堂来用的人，那也并不是那么的寒酸了。

宿舍的格式

宿舍南北都是板壁，东西一面开门，旁边是两扇格子糊纸的和合窗，对面中间开窗，是直开的玻璃门，外边有铁栅栏。房间里的布置没有一定，可以随各人的意思，但是归结起来大抵也只有三类。甲式是床铺南北对放，稍偏近入口，桌子也拼合放在玻璃窗下，两人对坐，书架衣箱分列坐后。这种摆法房内明朗，空气流通，享受平等，算是最好，但这须得二人平日要好，才能实行。乙式是床铺一横一直，直的靠板壁一面，横的背门靠对面的板壁，空间留得稍大，桌子可以拼合，也可一人在窗下，一人在横放的床前壁下，便于各做各人的事。丙式是最差的一种办法，床铺也是一横一直，不过横的在里边，如乙式而略向前，约占房间一半，而直的则靠近门口放在窗下，本来也是一半地面，但空出门口一段，实际他所有的才是全部三分之一罢了。新生入堂，被监督分配在有空位的那一号里去住，不但人情不免要欺生，而且性情习惯全不了解，初步隔离的办法也不算坏，虽然在待遇上要吃些亏。日久有朋友，再来请求移居别号，或者与居停主人意气相合，也会协议移动床位。其有长久那么株守门口的人，大抵总有什么缘故，与人合作不来，只好蛰居方丈（实在还不到一方丈）斗室中了。三者之中以甲式最为大方，因为至少总没有打麻将什么这种违法的企图也。

朝花夕拾（典藏对照本）

上饭厅

　　学生每天的生活是，每天早晨六时听吹号起床，过一会儿吹号吃早饭，午饭与晚饭也都是如此。说到吃饭，这在新生和低级学生是一件难事，不过早饭可以除外，因为老班学生大都是不来吃的。他们听着这两遍号声，还在高卧，厨房里按时自会有人托着长方的木盘，把稀饭和一碟腌萝卜或酱莴苣送上门来，他们是熟悉了那几位老爷（虽然法定称号是少爷）是要送的，由各该听差收下等起床时慢慢的吃。这时候饭厅里的坐位是很宽畅的，吃稀饭的人可以从容的喝了一碗又一碗，但是等到午饭或晚饭，那就没有这样的舒服了。饭厅用的是方桌，一桌可以坐八个人，在高班却是例外，他们至多不过坐六人，坐位都有一定，只是同班至好或是低级里附和他们的小友，才可以参加，此外闲人不能阑入。年级低的学生一切都无组织，他们一听吃饭号声，便须直奔向饭厅里去，在非头班所占据的桌上见到一个空位，赶紧坐下，这一餐饭才算安稳的到了手。在这大众奔窜之中，头班却比平常更安详的，张开两只臂膊，像螃蟹似的，在曲折的走廊中央大摇大摆的踱方步。走在他后面的人，不敢绕越僭先，只能也跟着他踱，到得饭厅里，急忙的各处乱钻，好像是晚上寻不着窠的鸡，好容易找到位置，一碗雪里蕻上面的几片肥肉也早已不见，只好吃顿素饭罢了。

打　靶

吃过早饭后，在八点钟上讲堂之前，每天的功课是打靶，但是或者因为子弹费钱的缘故吧，后来大抵是隔日打一次了。打靶是归兵操的徐老师指导的，那时管轮堂监督暂兼提调，所以每回由他越俎经管，在一本名册上签注某人全中，中一两枪，或是不中。后来兵操换了队伍出身的梅老师，打靶也要先排了队出去，末了整队回来，规矩很严了，最初却很是自由，大家零零落落的走去，排班站着，轮到打靶之后，也就提了枪先回来了，看去倒很有点像绿营的兵，虽然号衣不是一样。老学生还是高卧着听人家的枪声，等到听差一再的叫，打靶回来的人也说，站着的人只有三两个了，老爷们于是蹶然而起，操衣裤脚散罩在马靴外边，蓬头垢面的走去，不管三七二十一的开上三枪，跑回宿舍来吃冷稀饭，上课的钟声也接着响了起来了。学堂以前打靶只是跪着放枪，梅老师来后又要大家卧放立放，这比较不容易，不免有些怨言，但是他自己先来，不管草里土里，随便躺倒，站着举起枪来，随手打个全红，学生们也就无话可说，古人云："以身教者从，"的确是不错。梅老师年纪很轻，言动上有些粗鲁但也很直爽，因此渐渐得到学生的佩服，虽然我因为武功很差，在他所担任的教科中各项成绩都不好，和他不接近，但是在许多教习中我对于他的印象要算是很好的。

　　　　　　　　　　　　　　　　朝花夕拾（典藏对照本）

午前的点心

学堂里上课的时间，似乎是在沿用书房的办法，一天中间并不分做若干小时，每小时一堂，它只分上下午两大课，午前八点至十二点，午后一点半至四点，于上午十点时休息十分钟，打钟为号，也算是吃点心的时间。关于这事，汪仲贤先生从前曾经有这几句话说得极好："早晨吃了两碗稀饭，到十点下课，往往肚里饿得咕噜噜的叫，叫听差到学堂门口买两个铜元山东烧饼，一个铜元麻油辣酱和醋，拿烧饼蘸着吃，吃得又香又辣，又酸又点饥，真比山珍海味还鲜。"这里我只须补充说一句，那烧饼在当时通称为侉饼，意思也原是说山东烧饼，不过用了一个别号，仿佛对于山东人有点不敬，其实南京人称侉子只是略开玩笑，山东朋友也并不介意的。这是两块约三寸见方的烧饼连在一起，中间勒上一刀，拗开就是两块，近来问南京人却已不知道这东西，也已没有侉饼的名称，但是那麻油辣酱还有，其味道厚实非北京所能及，使我至今未能忘记。那十点钟时候所吃的点心当然不止这一种，有更阔的人吃十二文一件的广东点心，一口气吃上四个也抵不过一只侉饼，我觉得殊无足取，还不如大饼油条的实惠了。汪仲贤先生所说是一九一〇年左右的事，大概那种情形继续到清末为止，一直没有变为每一小时上一堂的制度吧。

洋文讲堂

　　洋文功课是没有什么值得说的，头几年反正教的都是普通的外国语和自然科学，头班以后才弄航海或机械等专门一点的东西，倒是讲堂的情形可以一讲，因为那是有点特别的。洋文讲堂是隔着甬道，东西对立，南北两面都是玻璃窗，与门相对的墙上挂着黑板，前面是教习的桌椅，室内放着学生的坐位四排，按着名次坐。南京的冬天本不很冷，但在黑板左近总装起一个小火炉来，上下午生一点炉火，我想大概原来是对付洋教习的吧，我们却并不觉得它有什么好处，特别如有一时期代理二班教习的奚老师，他还把桌子挪到门口那边去，有点避之若浼的意思。到了夏天，从天井上挂下一大块白布的风扇，绳子由壁间通出去，有听差坐在屋外小弄堂里拉着，这也是毫无用处的东西，后来学堂也作兴放暑假若干天，那时候或者这就取消了吧。汉文讲堂只是旧式的厢房，朝东全部是门，下半是板，上部格子上糊纸，地面砌砖，与洋文讲堂比较起来差得多了，那些火炉风扇也都没有，好在每星期只有一天，也就敷衍过去，谁都没有什么不平。还有一层汉文简直没有什么功课，虽说上课实际等于休息，而且午后溜了出来，回到宿舍泡一壶茶喝，闲坐一会儿也无妨碍，所以这一天上课觉得轻松，不过那要走间道走过文书房，不是新生所能做到的罢了。

　　　　　　　　　　　　朝花夕拾（典藏对照本）

汉文讲堂

我说汉文功课觉得轻松，那是因为容易敷衍之故，其实原来也是很难的，但是谁都无力担负，所以只好应付了事了。那时汉文教习共有四人，一位姓江，一位姓张，都是本地举人，又两位是由驾驶堂监督朱，管轮堂监督周兼任，也是举人，总办方硕辅是候补道，大概也是秀才出身，他的道学气与鸦片烟气一样的重，仿佛还超过举人们，这只要看入学考试和汉文分班的几个题目就可知道。我的国文教员是张然明老师，辛丑十月的日记上记有几个作文题目，今举出二十日的一个来为例："问：秦易封建为郡县，衰世之制也，何以后世沿之，至今不改，试申其义。"这固然比那"浩然之气"要好一点，但没法办还是一样的，结果只能一味的敷衍，不是演义便是翻案，务必简要，先生一半因为改卷省力，便顺水推舟，圈点了事，一天功课就混过去了。这种事情很是可笑，但在八股空气之下，怎么做得出别的文章来呢。汪仲贤先生说："有一位教汉文的老夫子说，地球有两个，一个自动，一个被动，一个叫东半球，一个叫西半球。"这不知道是那一位所说的，我们那时代的教员还只是旧的一套，譬如文中说到社会，他误认为说古代的结社讲学，删改得牛头不对马嘴，却还不来掺讲新学，汪先生所遇见的已是他们的后任，不免有每下愈况之感了。

操 练

　　午饭后吹号体操，这有点不大合于卫生，但这些都没有排在上课时间里，因为那时间是整个的被洋汉文占去了，所以只好分配在上课的前后去了。新生只弄哑铃，随后改弄像酒瓶似的木制棍棒，有点本事的人则玩木马、云梯及杠杆等，翻跟斗、竖蜻蜓的献技，虽然平日功课不好，但在大考时两江总督会得亲自出马，这些人便很有用处，因此学校里对于他们也是相当重视的。每星期中爬桅一次，这算是最省事，按着名次两个人一班，爬上爬下，只要五分钟就了事，大考时要爬到顶上，有些好手还要虾蟆似的伏在桅尖上，平常却只到一半，便从左边转至右边，走了下来了。最初的教习是林老师，本校老毕业生，年纪并不大，因为吃鸦片烟，很是黑瘦，他只是来叫几句英语号令，他的本领大概也只能玩棍棒而已，后来换了新军出身的梅老师，那是一位很有工夫的人，诸事都整顿起来了，但是爬桅也归了他指导，这于他多少是觉得有点别扭的。兵操在晚饭以前，虽然不是天天有，但一星期总有四次以上吧。梅老师之前教操的是一位徐老师，平时下操场他自己总还是穿着长袍，所以空气很是散漫，只是敷衍了事，到得考试时候，照例有什么官来监考，那一天他才穿起他的公服来，大帽马褂，底下是战裙似的什么东西，看去有点滑稽，仿佛像是戏台上的人物。

　　　　　　　　　　　　　　　　　　　　　　朝花夕拾（典藏对照本）

点名以后

出操回来，吃过晚饭之后，都是学生自己所有的时间了。用功的可以在灯下埋头做功课，否则也可以看闲书，或是找朋友谈天，有点零钱的时候，买点白酒和花生米或是牛肉，吃喝一顿，也是一种快乐。到了九点三刻，照例点名，吹号不久，即由监督同了提着风雨灯的听差进来，按着号舍次序走过去，只看各号门口站着两个人便好，并不真是点呼，这样就算完了。十点钟在风雨操场上吹就眠的号，那里有两只厨房里所养的狗，听了那一套号声，必定要长噪相和，数年如一日，可是学生们听了却毫不关心，要用功或谈天到十二点一点都无所不可，问题只是灯油不够，要另外给钱叫听差临时增加，因为一个月三百文的洋油，每天一定的分量是不大多的。两堂宿舍中以管轮堂第十六至三十号这一排为最好，因为坐东朝西，西面是门，有走廊挡住太阳，东窗外是空地，种着些杂树，夏天开窗坐到午夜，听打更的梆声自远而近，从窗下走过，很有点乡村的感觉。后来回想起来，曾写过一首谐诗以为纪念，其词云："昔日南京住，匆匆过五年。炎威虽可畏，佳趣却堪传。喜得空庭寂，难消永日闲。举杯倾白酒，买肉费青钱。记日无余事，翻书尽一编。夕凉坐廊下，夜雨溺门前。板榻不觉热，油灯空自煎。时逢击柝叟，隔牖问安眠。"题云《夏日怀旧》，原是说暑假中的事情的。

星期日

　　星期日照例是宿舍一空，有些家住南京的学生都回家去了，一部分手头宽裕的上城南去玩，其次也于午后出城往下关，只有真是穷得连一两毛钱都没有的才留在学堂里闲坐。这所谓周末空气，在星期六下午便已出现，出操回来之后本城学生便纷纷告假回去，大抵要到星期日点名前才回校，但也有少数节俭家特别要吃了晚饭后才去，次日也于饭前赶回学堂，鲁迅曾很挖苦他们，说七月半开放地狱门，有些鬼魂于饭后出来，到了十六那天跑回地狱去吃晚饭，可说是刻画尽致了。往城南去大抵是步行到鼓楼，吃点小点心，雇车到夫子庙前，在得月台吃茶和代午饭的馒头面，游玩一番，迤逦走到北门桥，买了油鸡、盐水鸭各一角之谱，坐车回学堂时，饭已开过，听差各给留下一大碗饭，开水一泡，如同游是二人，刚好吃得很饱很香。若是下关，那很可以步行来回，到江边一转，看上下水轮船的热闹之后，在一家镇江、扬州茶馆坐下，吃几个素包子，确是价廉物美，不过这须是在上午才行罢了。学生告假出去，新生和低班学生总喜欢穿着操衣，有点夸示的意思，老班则往往相反，大都改穿了长衣，这原因很有点复杂，有的倚老卖老，有的世故渐深，觉得和光同尘，行动稍为方便，但有的也由于要躲避人家的耳目，有如抽两口鸦片烟，在每班里这种仁兄也总是会得有个把人的。

不　平

学堂里的生活照上边所说的看来，倒是相当的写意的，但是那里的毛病也渐渐显现出来，在我做了二班学生的时候，有好些同学不约而同的表出不满意来了。其一是觉得功课麻胡，进步迟缓，往往过了一年半载，不曾学了什么东西。其二是乌烟瘴气的官僚作风，好几年都是如此，虽然以我进去的头两年为最甚。只根据不完全的旧日记，壬寅（一九〇二）年中便有这两件可以为例，都是在方硕辅做总办的时代的事。正月廿八日，下午挂牌革除驾驶堂学生陈保康一名，因为文中有"老师"二字，意存讥刺云。又七月廿八日，下午发赡银，闻驾驶堂吴生扣发，并截止其春间所加给银一两，以穿响鞋故，响鞋者上海新出红皮底圆头鞋，行走时吱吱有声，故名。在这种空气之中，有些人便觉得不能安居，如赵伯先、杨曾浩等人，均自行退学，转到陆师或日本去，次年四月里胡鼎也因文章犯忌讳，迫令退学了。甲辰、乙巳年间，总办是蒋超英，他不是候补道，原是水师出身的人，甲申中法战役失机革职，后来起复，官衔是前游击。他在操场对学生训话，说你们好好用功，毕业便是十八两、十六两、十四两，将来前程远大，像萨镇冰、何心川那样，都是红顶子、蓝顶子。蒋君人虽粗鲁，却还直爽，所以我对于他个人相当有好感，但是这种升官发财学说那总是不足为训的了。

不平二

汪仲贤先生在他的《回忆》中曾说："校中驾驶堂与管轮堂的同学隔膜得很厉害，平常不很通往来。据深悉水师学堂历史的人说，从前两堂的学生互相仇视，时常有决斗的事情发生，有一次最大的械斗，双方都殴伤了许多人，总办无法阻止，只对学生叹了几口气。"这一节话当出于传闻之误，我们那时候两堂学生并无仇视的事情，虽然隔膜或未能免，倒是同堂的学生因了班次不同很不平等，特别是头班对于二班和副额，如不附和他们做小友，便一切都要被歧视以至压迫。例如学生房内用具，都向学堂领用，低级学生只可用一顶桌子，但头班却可以占两顶以上，有时便利用了来打牌，我的同班吴志馨君同头班的翟某同住，后来他迁住别的号舍，把自己固有的桌子以外又分去了那里所有的三顶之一，翟某大怒骂道，你们即使讲革命，也不能革到这个地步。过了几天，翟的好友戈某向着吴君寻衅，说我便打你们这些康党，几乎大挥老拳，又有高某也附和着闹，大家知道这都是桌子风潮的余波。吴君当然并非康党，也未曾参加讲革命，但他们看来敢于不尊敬前辈，当然要以"乱党"论了。吴君后来调往驾驶堂，毕业后当了几年舰长，民国十六、七年北伐时他在青岛做渤海舰队司令，因为"通敌"为张宗昌所枪毙，那时才真应了翟戈二人的话了。

　　　　　　　　　　　朝花夕拾（典藏对照本）

争　斗

学生有这些不平，便慢慢的要显现出来。第一步是想改换环境。壬寅冬天总办换了黎锦彝，也是候补道，却比较年轻，江督又叫他先去日本考察三个月，校务令格致书院的吴可园兼代。听说他要带四名学生同去，大家觉得这是一条出路，便同胡鼎、张鹏、李昭文共四人往找新旧总办，上书请求，结果说是带毕业生去，计划完全失败。胡鼎又对江督及黎氏上条陈，要怎样改革学堂，才能面目一新，大概因为理论太高，官僚也于改革少兴趣，自然都如石沉大海，没有一点影响。对于学生间的不平等，要想补救，空谈是无用的，只能用实行来对抗，剥削役使一切不承受，也不再无理地谦逊，即如上文说过的上饭厅的时候，尽管老学生张开了螃蟹的臂膀在跩着，后边的人就不客气的越过去，他们的架子便只好摆给自己看了。这种事情积累起来，时常引起冲突，老班只有谩骂恫吓，使用无赖的手法，但是武力不能解决问题，经过一次争闹，他们的威风也就减低一层，到后来再也抖不起来了。那时候的二班只注意于打破不平等，这事终于成功了，但这只是消极的一面，以后升了头班，决不再去对别班摆架子，可是并没有更进一步的做，去同他们亲近交际，班次间的不平等是没有了，但还存在着一种间隔，或者可以说是疏远，这风气不知道后来什么时候才有转变。

琐　记

老　师

在学堂里老师不算少，一起算起来共有八位，但是真是师傅似的传授给一种本事的却并没有。即如说英文吧，从副额时由赵老师奚老师教起，二班是汤老师，头班是郑老师，对于这几位我仍有相当敬意，可是老实说，他们并没有教我怎么看英文，正如我们能读或写国文也不是那一个先生教会的一样，因为学堂里教英文也正是那么麻胡的。我们读印度读本和文法（还不是《纳思菲耳》，虽然同样的是为印度人而编的），有如读《四书章句》，等读得久了自己了解，我们同学大都是受的这一种训练。于我们读英文有点用的只是一册字典，这本是英文注汉字，名字却叫做《华英字典》，用薄纸单面印刷，有些译语也特别奇妙，但是后印本随即删去，改称《英华字典》则又是后来的事了。本来学堂里学洋文完全是敲门砖，毕业之后不管学问的门有没有敲开，大家都把它丢开，再也不去读了，虽然口头话还是要说几句的。我是偶然得到了一册英文本的《天方夜谈》，引起了兴趣，做了我外国语的老师。假如没有它，大概出了学堂，我也把那些洋文书一股脑儿地丢掉了吧。有些在兵船上的老前辈，照例是没有书的了，看见了这《天方夜谈》也都爱好起来，虽然我的一册书被辗转借看而遗失，但也还是件愉快的事，因为它能教给我们好些人读书的趣味。

　　　　　　　　　　　　　朝花夕拾（典藏对照本）

老师二

汉文老师我只有一个，张然明名培恒，是本地举人，说的满口南京土话，又年老口齿不清，更是难懂得很，但是对于所教汉文头班学生很是客气，那些汉文列在三等，虽然洋文是头班，即是螃蟹似的那么走路的人，在他班里却毫不假以词色，因为他是只以汉文为标准的。说到教法自然别无什么新意，只是看《史记》、"古文"，作史论，写笔记，都是容易对付的，虽然用的也无非是八股做法。辛丑十一月初四日课题是："问：汉事大定，论功行赏，纪信追赠之典阙如，后儒谓汉真少恩，其说然欤？"我写了一篇短文，起头云："史称汉高帝豁达大度，窃以为非也，帝盖刻薄寡恩人也。"张老师加了许多圈，发还时还夸奖说好，便是一例。那时所使用的于正做之外还有反做一法，即是翻案，更容易见好，其实说到底都是八股，大家多知道，我也并不是从张老师学来的，不过在他那里应用得颇有成效罢了。所以我在学堂这几年，汉文这一方面未曾学会什么东西，只是时时耍点拳头给老师看，骗到分数。一年两次考试列在全堂前五名时，可以得到不少奖赏，要回家去够做一趟旅资，留住校里大可吃喝受用。所看汉文书于后来有点影响的，乃是当时书报，如《新民丛报》、《新小说》、梁任公著作，以及严几道、林琴南的译书，这些东西那时如不在学堂也难得看到，所以与学堂也可以说间接是有关系的。

天方夜谈

　　《天方夜谈》是我在学堂里看到的唯一的新书，如读本所说我想我该喜欢它的。在中文书方面，当时看了很喜欢的也有好些，如《饮冰室自由书》等，真可以说是读了不忍释卷，但是后来也就不怎么珍重了。《天方夜谈》的时间却是很长，正如普通常说的，从八岁至八十岁的老小孩子大概都不会忘记它，只要读过它的几篇。在本国这类的东西并不是没有，如《西游记》、《封神传》，民间传说的故事如"白蛇"、"蛇郎"及"老虎外婆"等，文人写的有《聊斋志异》为代表，这些也为人所爱读，过于"四书"、"五经"，但是比起《天方夜谈》来总还有点不如。《西游》、《封神》的故事里大人物太多，都是什么老祖什么佛，空气有点硬化，而且不免单调，"蛇郎"等童话没有这缺点了，却是还在幼稚期，不曾十分长发。《天方夜谈》原是这一类质料，但从市场上经过了来，由多年说话人的安排与听众的取舍，使它更是丰富纯熟，要拿以前茶馆里的《聊斋演义》相比，多少近似，不过它并无蒲留仙那样的原本，所以可说是真正的民间文学了。我认识了这一本书，觉得在学堂里混过的几年也还不算白费，虽然那时的书早已遗失了，前几年托友人在上海买了一册"现代丛书"本，根据白敦译文最为可靠，可惜中间一叠十六页错订缺少。中文有奚若译四册，大抵系依据雷恩译文选本，因为是古文，所以没有细读。

　　　　　　　　　　　　　　　　朝花夕拾（典藏对照本）

打靶余闻

　　打靶在外场操练中间最为简单，也比较有兴趣，有时候等全体完毕之后，可以请求再多打一次。所用枪械本来是马梯尼，不但笨重，反座力也强，肩头要撞得红肿，我进去时刚换了毛瑟枪，就好得多了。打靶场在学堂西边，南头有一座小土山，山下放了靶子，近地插上小红旗，一直倒也没有出过什么事情。只有一次，打靶中间忽然有四五只狗成群地跑过来，打靶的已经把枪停住了，监督是念《感应篇》放生的人，急得连声大叫不要放，那时轮到打靶的恰巧是头班的余德先，他的打枪算是不错的，听了起了反感，举枪一发，看见一头大黄狗倒在地上，跳起来一下，随即躺倒不动了。这件事不打紧，却使得监督大为狼狈，在他的功过格上至少要填上好几过了。又一次是预备大考，在打靶之后接着兵操，平常操演只放空枪，这时要放响枪了，发给了黄蜡封口的子弹，排好班分行对立，徐老师恐怕枪膛留有实弹，叫大家先放一下看。没有号令谁都没有装上什么，放不出什么声音，其中却夹着一两响声，只见西边排头杜君抛枪奔去抱颈大叫，难道真是中了枪了？徐老师跑去检查，操衣领头搁着一堆熔化的黄蜡，项颈上烫成一个大水泡，看东边排头戈君的枪膛子留有弹壳，可见他是装填了，而且还是平放，或者瞄准了项颈放的也未可知。再查杜君的枪里也有弹壳，那么他原是对放的，只是没有打中罢了。

　　（《鲁迅小说里的人物·学堂生活》）

南京二

　　江南陆师学堂在鼓楼以北，地名三牌楼，与格致书院望衡对宇，离水师亦不甚远，但系是小路，雨后不好行走。鲁迅进去的时候，总办是钱德培，据说原是绍兴"钱店官"，不知何以通德文，为候补道中之能员，其后是俞明震，则称为新派，坐在马车里看《时务报》，因此学堂里的乌烟瘴气就要好得多多了。矿路学堂的功课以开矿为主，造铁路为副，都用本国文教授，三年毕业，但是只办了一班，在辛丑冬季毕业后就停办了。他的同班中有张协和名邦华，芮石臣名体乾，后改姓名为顾琅，这两个是和他同一房间住的，伍习之名崇学，刘济舟名乃弼，杨星生名文恢，又丁耀卿忘其名，于毕业前病故，此外的人就全不知道了。鲁迅在南京曾写有日记，后来大概已散失，我所记忆的只是一两件事，如有一天骑马疾驰，从上边跌下来，磕断了牙齿，又有一回夜中起来吃茶，不料茶壶嘴里躲着一条小蜈蚣，舌尖被螫了一下，但不知道是什么时候的事情了。我于辛丑八月初六日到南京，至壬寅二月十五日鲁迅往上海转赴日本东京，在这半年中间，就旧日记中略抄有关事项，虽都是琐事，却也是一种资料吧。

　　辛丑，八月廿四日星期日：晴。上午独行至陆师学堂，适索士星期考试不值，留交《花镜》三本。

　　九月初一日星期六：晴。下午索士来，留宿。

　　初二日星期日：阴。上午谢西园（陆师）来，与索士、升叔同往下关，至城外遇阮立夫（水师），邀之同去，至江天阁饮茶，午回堂，饭后西园及索士均去。

廿九日星期六：晴。谢西园来，云矿路学生于廿七日往句容，索士亦去。

十月初十日星期三：晴。下午索士来，云昨日始自句容回，袖矿石一包见示，凡六块，铁三、铜二、煤一。（本文中说到第三年我们下矿洞去看，即是指这一回的事。）

十一月二十六日星期日：晴。晨步至陆师学堂，同索士闲谈，午饭后回堂，带回《世说新语》一部，杂书三本。

十二月十三日星期三：阴。上午闲坐，索士来，带来书四部。午拜孔子，放学，予等十二人皆补副额。午饭后同索士至下关，行经仪风门，小雨，亟返。下午索士回去。看《包探案》，《长生术》二书。夜看《巴黎茶花女遗事》，又约略翻阅《农学丛刻》一过。

壬寅，正月十二日星期二：阴。下午索士来，交书箱一只，篮一只，云二月中随俞总办往日本，定明日先回家一行。

二月初八日星期一：晴。晨索士自家来，带来书甚多。中有石印《汉魏丛书》，铅印《徐霞客游记》，《板桥诗集》，《剗录》，谭壮飞《仁学》等。索士留住，次日午后去。

十一日星期四：阴，上午细雨。下午四时索士来，带来昨日在城南所买物件，计鞋一双（价洋五角，北门桥老义和售，黑绒面圆头薄底，颇中穿），扇面扇骨一副，笔二枝，又有《琴操》，《支遁集》一本，云从旧书摊以百钱购得者。夜索士重订《板桥集》，闲谈至十时后睡。

十二日星期五：阴雨。晨索士去。下午索土又至，在堂吃晚饭，云同学今日集会，留之不得，冒雨而去。

这以后的有些事情在《鲁迅在东京》中已曾说及。见第三三节以下，兹不复赘。鲁迅的南京同学，据我所知道只有张邦华君尚健在，当时的事情问他当可知道些，以前知道他住在北京西城松鹤庵，不知现在还在那里否。

留学生会馆

著者预备往东京去留学，先去请教一位到过日本游历的前辈同学，便上了一个大当。第一，要多带中国白布袜，我想这或者未必实行，因为在南京早已穿洋袜子了。第二，纸票不如换了硬币去，当时中国只用银洋，觉得纸币靠不住，要换现钱，这是可能的事。到了那里，先在弘文学院肄业二年，教的是日语以及一般中学程度的科学，在鲁迅和许寿裳（杭州求是书院）那些进过学堂的人这都可以无须，只要补习语学就行了，可是没有这种规定和设备，平常预备学校都是为那只读圣贤书的文章和秀才们而设的，算术从加减乘除，英文从爱皮西地教起，他们也只好屈尊奉陪上两年，拿到毕业证书，才可以升学到专门高等学校里去。这两年里所遇到的各处留学生，虽然不是S城人，却也不大高明，特别是那"清国留学生"的速成班，成群结队的到处都是，"头顶上盘着大辫子，顶得学生制帽的顶上高高耸起，形成一座富士山。也有解散辫子，盘得平的，除下帽来，油光可鉴，宛如小姑娘的发髻一般，还要将脖子扭几扭。实在标致极了。"留学生有一个会馆，招牌上倒是写着"中国留学生会馆"，本文中云："门房里有几本书卖，有时还值得去一转；倘在上午，里面的几间洋房里倒也还可以坐坐的。但在傍晚，有一间的地板便常不免要咚咚咚地响得震天，兼以满房烟尘斗乱；问问精通时事的人，答道，'那是在学跳舞'。"这会馆在神田的骏河台上，与鲁迅在本乡的寓居只隔着一条叫作外濠的河，渡过御茶水桥，向右拐弯，走上坡去就是。在门房里有人寄售汉文书报，有时去看一下，后来神田的神保町有了群益书社和中国书林，也就不再去了。留学生多是"富士山"，会馆又是留学生的聚处，对于它自然也没有什么好感，只是在徐伯荪安庆案发时，因为在那里有中国报纸，所以乘上午人少的时候跑去翻看，但这也是一个短时期，而且在他离开仙台，又回到东京来之后了。

（《鲁迅小说里的人物·彷徨衍义》）

藤野先生

东京也无非是这样。上野的樱花烂熳的时节，望去确也像绯红的轻云，但花下也缺不了成群结队的"清国留学生"的速成班，头顶上盘着大辫子，顶得学生制帽的顶上高高耸起，形成一座富士山。也有解散辫子，盘得平的，除下帽来，油光可鉴，宛如小姑娘的发髻一般，还要将脖子扭几扭。实在标致极了。

中国留学生会馆的门房里有几本书买，有时还值得去一转；倘在上午，里面的几间洋房里倒也还可以坐坐的。但到傍晚，有一间的地板便常不免要咚咚咚地响得震天，兼以满房烟尘斗乱；问问精通时事的人，答道，"那是在学跳舞。"

到别的地方去看看，如何呢？

我就往仙台的医学专门学校去。从东京出发，不久便到一处驿站，写道：日暮里。不知怎地，我到现在还记得这名目。其次却只记得水户了，这是明的遗民朱舜水先生客死的地方。仙台是一个市镇，并不大；冬天冷得利害；还没有中国的学生。

大概是物以希为贵罢。北京的白菜运往浙江，便用红头绳系住菜根，倒挂在水果店头，尊为"胶菜"；福建野生着的芦荟，一到北京就请进温室，且美其名曰"龙舌兰"。我到仙台也颇受了这样的优待，不但学校不收学费，几个职员还为我的食宿操心。我先是住在监狱旁边一个客店里的，初冬已经颇冷，蚊子却还多，后来用被盖了全身，用衣服包了头脸，只留两个鼻孔出气。在这呼吸不息的地方，蚊子竟无从插嘴，居然睡安稳了。饭食也不坏。但一位先生却以为这客店也包办囚人的饭食，我住在那里不相宜，几次三番，几次三番地说。我虽然觉得客店兼办囚人的饭食和我不相干，然而好意难却，也只得别寻相宜的住处了。于是搬到别一家，离监狱也很远，可惜每天总要喝难以下咽的芋梗汤。

从此就看见许多陌生的先生，听到许多新鲜的讲义。解剖学是两个教授分任的。最初是骨学。其时进来的是一个黑瘦的先生，八字须，戴着眼镜，挟着一叠大大小小的书。一将书放在讲台上，便用了缓慢而很有顿挫的声调，向学生介绍自己道：

"我就是叫作藤野严九郎的……。"

后面有几个人笑起来了。他接着便讲述解剖学在日本发达的历史，那些大大小小的书，便是从最初到现今关于这一门学问的著作。起初有几本是线装的；还有翻刻中国译本的，他们的翻译和研究新的医学，并不比中国早。

那坐在后面发笑的是上学年不及格的留级学生，在校已经一年，掌故颇为熟悉的了。他们便给新生讲演每个教授的历史。这藤野先生，据说是穿衣服太模胡了，有时竟会忘记带领结；冬天是一件旧外套，寒颤颤的，有一回上火车去，致使管车的疑心他是扒手，叫车里的客人大家小心些。

他们的话大概是真的，我就亲见他有一次上讲堂没有带领结。

过了一星期，大约是星期六，他使助手来叫我了。到得研究室，见他坐在人骨和许多单独的头骨中间，——他其时正在研究着头骨，后来有一篇论文在本校的杂志上发表出来。

"我的讲义，你能抄下来么？"他问。

"可以抄一点。"

"拿来我看！"

我交出所抄的讲义去，他收下了，第二三天便还我，并且说，此后每一星期要送给他看一回。我拿下来打开看时，很吃了一惊，同时也感到一种不安和感激。原来我的讲义已经从头到末，都用红笔添改过了，不但增加了许多脱漏的地方，连文法的错误，也都一一订正。这样一直继续到教完了他所担任的功课：骨学，血管学，神经学。

可惜我那时太不用功，有时也很任性。还记得有一回藤野先生将我叫到他的研究室里去，翻出我那讲义上的一个图来，是下臂的血管，指着，向我和蔼的说道：

"你看，你将这条血管移了一点位置了。——自然，这样一移，的确比较的好看些，然而解剖图不是美术，实物是那么样的，我们没法改换它。现在我给你改好了，以后你要全照着黑板上那样的画。"

但是我还不服气，口头答应着，心里却想道：

"图还是我画的不错；至于实在的情形，我心里自然记得的。"

学年试验完毕之后，我便到东京玩了一夏天，秋初再回学校，成绩早已发表了，同学一百余人之中，我在中间，不过是没有落第。这回藤野先生所担任的功课，是解剖实习和局部解剖学。

解剖实习了大概一星期，他又叫我去了，很高兴地，仍用了极有抑扬的声调对我说道：

"我因为听说中国人是很敬重鬼的，所以很担心，怕你不肯解剖尸体。现在总算放心了，没有这回事。"

但他也偶有使我很为难的时候。他听说中国的女人是裹脚的，但不知道详细，所以要问我怎么裹法，足骨变成怎样的畸形，还叹息道，"总要看一看才知道。究竟是怎么一回事呢？"

有一天，本级的学生会干事到我寓里来了，要借我的讲义看。我检出来交给他们，却只翻检了一通，并没有带走。但他们一走，邮差就送到一封很厚的信，拆开看时，第一句是：

"你改悔罢！"

这是《新约》上的句子罢，但经托尔斯泰新近引用过的。其时正值日俄战争，托老先生便写了一封给俄国和日本的皇帝的信，开首便是这一句。日本报纸上很斥责他的不逊，爱国青年也愤然，然而暗地里却早受了他的影响了。其次的话，大略是说上年解剖学试验的题目，是藤野先生在讲义上做了记号，我预先知道的，所以能有这样的成绩。末尾是匿名。

我这才回忆到前几天的一件事。因为要开同级会，干事便在黑板上写广告，末一句是"请全数到会勿漏为要"，而且在"漏"字旁边加了一个圈。我当时虽然觉到圈得可笑，但是毫不介意，这回才悟出那字也在讥刺我了，犹言我得了教员漏泄出来的题目。

我便将这事告知了藤野先生；有几个和我熟识的同学也很不平，一同去诘责干事托辞检查的无礼，并且要求他们将检查的结果，发表出来。终于这流言消灭了，干事却又竭力运动，要收回那一封匿名信去。结末是我便将这托尔斯泰式的信退还了他们。

中国是弱国，所以中国人当然是低能儿，分数在六十分以上，便不是自己的能力了：也无怪他们疑惑。但我接着便有参观枪毙中国人的命运了。第二年添教霉菌学，细菌的形状是全用电影来显示的，一段落已完而还没有到下课的时候，便影几片时事的片子，自然都是日本战胜俄国的情形。但偏有中国人夹在里边：给俄国人做侦探，被日本军捕获，要枪毙了，围着看的也是一群中国人；在讲堂里的还有一个我。

"万岁！"他们都拍掌欢呼起来。

这种欢呼，是每看一片都有的，但在我，这一声却特别听得刺耳。此后回到中国来，我看见那些闲看枪毙犯人的人们，他们也何尝不酒醉似的喝采，——呜呼，无法可想！但在那时那地，我的意见却变化了。

到第二学年的终结，我便去寻藤野先生，告诉他我将不学医学，并且离开这仙台。他的脸色仿佛有些悲哀，似乎想说话，但竟没有说。

"我想去学生物学，先生教给我的学问，也还有用的。"其实我并没有决意要学生物学，因为看得他有些凄然，便说了一个慰安他的谎话。

"为医学而教的解剖学之类，怕于生物学也没有什么大帮助。"他叹息说。

将走的前几天，他叫我到他家里去，交给我一张照相，后面写着两个字道："惜别"，还说希望将我的也送他。但我这时适值没有照相了；他便叮嘱我将来照了寄给他，并且时时通信告诉他此后的状况。

我离开仙台之后，就多年没有照过相，又因为状况也无聊，说起来无非使他失望，便连信也怕敢写了。经过的年月一多，话更无从说起，所以虽然有时想写信，却又难以下笔，这样的一直到现在，竟没有寄过一封信和一张照片。从他那一面看起来，是一去之后，杳无消息了。

但不知怎地，我总还时时记起他，在我所认为我师的之中，他是最使我感激，给我鼓励的一个。有时我常常想：他的对于我的热心的希望，不倦的教诲，小而言之，是为中国，就是希望中国有新的医学；大而言之，是为学术，就是希望新的医学传到中国去。他的性格，在我的眼里和心里是伟大的，虽然他的姓名并不为许多人所知道。

他所改正的讲义，我曾经订成三厚本，收藏着的，将作为永久的纪念。不幸七年前迁居的时候，中途毁坏了一口书箱，失去半箱书，恰巧这讲义也遗失在内了。责成运送局去找寻，寂无回信。只有他的照相至今还挂在我北京寓居的东墙上，书桌对面。每当夜间疲倦，正想偷懒时，仰面在灯光中瞥见他黑瘦的面貌，似乎正要说出抑扬顿挫的话来，便使我忽又良心发现，而且增加勇气了，于是点上一枝烟，再继续写些为"正人君子"之流所深恶痛疾的文字。

十月十二日。

解　说

仙　台

　　鲁迅在东京看厌了清国留学生，便决计离开那里，到日本东北方面的仙台，进医学专门学校去。当时学制规定，大学的医学部要官立高等学校毕业的才能入学，平常中学毕业程度只好入专门学校，肄业年限也是四年，毕业后可以做医生，就只是没有医学士的名号。著者学医的志愿是起因于父亲的病为江湖医生所误，所以想学了将来给人治病，弥补这个缺恨，在南京时学科别无选择的自由，这回却可以如愿了。本来在去东京不远的千叶市，也有医学专门学校，是同样的组织，但是里边有些中国留学生，他觉得有戒心，便索性走得远一点，到奥羽地方去吧，虽然天气是冷得很。这种意思在别人也有过，如顾孟余从前在德国留学，这话是鲁迅所说，从齐寿山那里听来的，他独自走到明兴去，那即是世间依照英文称为"慕尼黑"的地方，因为那里没有中国的学生。但是他不久就失望了，不但来了一个同乡，而且还在黄色的脸上戴了一副金色的假发，这模样实在不很好看。鲁迅的事情是不同的，他在电影上看见了中国人，一个将做示众的材料，多数则赏鉴着，这不但使得他不能在仙台安住，而且还改变了他学医的志愿，便中止学医而决心去搞文学了。他第二次回到东京，作了几年准备，刊行《新生》杂志的计划虽然没有成功，但是印出

藤野先生

了两册《域外小说集》，可以算是后来翻译著作的工作的发轫。关于那一段落，有《鲁迅在东京》一篇三十五节略有记述，附在《百草园》的后面，至于在仙台的期间没有第二人知道，我们只能凭他自己所写的这一点，因此本文《藤野先生》部分我们别无什么可说，上边所说的都是些枝节的话罢了。

（《鲁迅小说里的人物·彷徨衍义》）

伏见馆

鲁迅往日本留学，头一次往东京是在壬寅（一九〇二）年二月，至丙午（一九〇六）年夏回乡结婚。秋天再往东京，这里所说的是第二次的事情。那时他已从仙台医学专门学校中途退了学，住在本乡区汤岛二丁目的伏见馆里，房间在楼上路南这一排的靠近西端，照例是四张半席子大小，点洋油灯，却有浴室，大概一星期可以有两次洗浴，不另外要钱（本来外边洗浴也不过两三分钱）。这公寓的饭食招待不能算好，大抵还过得去，可是因了洗浴的缘故，终于发生纠纷，在次年春间搬了出来了。鲁迅平常看不起的留学生第一是头上有"富士山"（辫子盘在头上，帽顶凸出之雅号）的速成科，其次是岩仓铁道明治法政的专门科，认定他们的目的是专在升官发财的，恰巧那里的客有些是这一路的人，虽然没有"富士山"的那么面目可憎，却是语言很是无味，特别是有一个他们同伴叫他法豪的，白痴似的大声谈笑，隔着两间房听了也难免要发火。尤其是他们对于洗浴有兴趣，只要澡堂一烧好，他们就自钻了进去，不依照公寓的规则，那时鲁迅是老房客，照例公寓要先来请他，每次却都被法豪辈抢了去，他并不一定要先洗，但这很使他生气，所以决心移到别处去了。

中越馆

鲁迅第二次寄居的地方仍在本乡，离伏见馆不远，叫作东竹町，原是一家人家，因为寄居的客共有三人，警察一定要以公寓论，所以后来挂了一块中越馆的招牌。主人是一个老太婆，带了她的小女儿，住在门内一间屋里，西边两大间和楼上一间都租给人住，地点很是清静，可是房饭钱比较贵，吃食却很坏。有一种圆豆腐，中间加些素菜，径可两寸半，名字意译可云素天鹅肉，本来也可以吃，但是煮的不入味，又是三日两头的给吃，真有点吃伤了。鲁迅只好随时花五角钱，自己买一个长方罐头腌牛肉来补充。那老太婆赚钱很凶，但是很守旧规矩，走进屋里拿开水壶或是洋灯来的时候，总是屈身爬着似的走路，这爬便很为鲁迅所不喜欢，可是也无可奈何她。那小女儿名叫富子，大概是小学三四年级生，放学回来倒也是很肯做事的，晚上早就睡觉，到了十点钟左右，老太婆总要硬把她叫醒，说道："阿富，快睡吧，明天一早要上学哩。"其实她本来是睡着了的，却被叫醒了来听她的训诲，这也是鲁迅所讨厌的一件事，好在阿富并不在乎，或者连听也不大听见，还是继续她的甜睡，这事情就算完了。

藤野先生 139

中越馆二

在中越馆里还有一个老头儿，不知道是房东的兄弟还是什么，白天大抵在家，屋角落里睡着，盖着一点薄被，到下午便不见了。鲁迅睡得很迟，吃烟看书，往往要到午夜，那时听见老头儿回来了，一进来老太婆便要问他今天哪里有火烛。鲁迅当初很觉奇怪，给他绰号叫"放火的老头儿"，事实自然并非如此，他乃是消防队瞭望台的值夜班的，时间大概是从傍晚到半夜吧。这公寓里因为客人少，所以这一方面别无问题，楼上的房客是但焘，他是很安静的，虽然他的同乡刘麻子从美国来，在他那里住了些时，闹了点不大不小的事件。有一天刘麻子外出，晚上没有回来，大门就关上了，次早房东起来看时，门已大开，吓了一跳，以为是着了贼，可是东西并没有什么缺少，走到楼上一看，只见刘麻子高卧未醒，原来是他夜里并未叫门，不知怎么弄开了就一直上楼去了。又有一次，拿着梳子梳发，奔向壁间所挂的镜面前去，把中间的火钵踢翻了，并不回顾，还自在那里理他的头发，由老太婆赶去收拾，虽然烧坏了席子，总算没有烧了起来。不久他离开中越馆，大概又往美国去了吧，于是这里边的和平也就得以恢复了。

中越馆三

东竹町在顺天堂病院的右侧，中越馆又在路右，讲起方向来，大概是坐北朝南吧。鲁迅住的房子是在楼下，大小两间，大的十席吧，朝西有一个纸窗，小的六席，纸门都南向，人家住房照例在板廊，外边又有曲尺形的一个天井，有些树木，所以那西向的窗户在夏天也并不觉得西晒。平常有客来，都在那大间里坐，炭盆上搁着开水壶，随时冲茶倒给客人喝。大概因为这里比较公寓方便，来的客也比以前多了，虽然本来也无非那几个人，不是亡命者，便是懒得去上学的人，他们不是星期日也是闲空的。这里主要的是陶焕卿，龚未生，陈子英，陶望潮这些人，差不多隔两天总有一个跑来，上天下地的谈上半天，天晴雨雪都没有关系，就只可惜钱德潜那时没有加入，不然更要热闹了，他也是在早稻田挂名，却是不去上课的。谈到吃饭的时候，主人如抽斗里有钱，买罐头牛肉来添菜，否则只好请用普通客饭，大抵总只是圆豆腐之外一木碗的豆瓣酱汤，好在来访的客人只图谈天，吃食本不在乎，例如陶焕卿即使给他一杯燕菜他也当作粉条喝下去，不觉得有什么好的。在这四五年中间，中越馆这一段虽然过的也是穷日子，大概可以算是最萧散了吧。

伍　舍

假如不是许寿裳要租房子，招大家去品住，鲁迅未必会搬出中越馆，虽然吃食太坏，他常常诉苦说被这老太婆做弄（欺侮）得够了。许寿裳找到了一所夏目漱石住过的房子，在本乡西片町十番地乙字七号，硬拉朋友去凑数，鲁迅也被拉去，一总是五个人，门口路灯上便标题曰伍舍，鲁迅于一九〇八年四月八日迁去，因为那天还下雪，所以日子便记住了。那房子的确不错，也是曲尺形的，南向两间，西向两间，都是一大一小，即十席与六席，拐角处为门口，另有下房几间，西向小间住了钱某，大间作为食堂客堂，鲁迅住在南向小间里，大间里是许与朱某，这一转换不打紧，却使得鲁迅本来不宽裕的经济更受了影响，每月入不敷出，因为房租增加了，饭食虽是好了，可是负担也大，没有余力再到青木堂去喝杯牛奶果子露了。这样支撑着过了年，同居人中间终于发生了意见，钱朱二人提议散伙，其余三人仍在一起，在近地找了一所较小的房屋搬了过去，还是西片町十番地，不过是丙字十九号罢了。在乙字七号虽然住了不到十个月，但也有些事情可以记录，这且在下一次再说吧。

校　对

　　鲁迅那时的学费是年额四百元，每月只能领到三十三元。在伍舍居住时就很感不足，须得设法来补充了。译书因为有上海大书局的过去经验，不想再尝试，游历官不再来了，也没有当舌人的机会，不得已只好来做校对。适值湖北要翻印同文会所编的《支那经济全书》，由湖北学生分担译出，正在付印，经理这事的陈某毕业回去，将未了事务托许寿裳代办，鲁迅便去拿了一部分校正的稿来工作。这报酬大概不会多，但没有别的法子，总可以收入一点钱吧。有一处讲到纳妾的事，翻译的人忽然文思勃发，加上了许多话去，什么小家碧玉呀，什么河东狮吼呀，很替小星鸣其不平，鲁迅看了大生其气，竟逸出校对范围之外，拿起红墨水笔来，把那位先生苦心写上去的文章都一笔钩销了。平常文字有不通顺处也稍加修改，但是那么的大手术却只此一次而已。担任印刷的是神田印刷所，派来接洽的人很得要领，与鲁迅说得来，所以后来印《域外小说集》，也是叫那印刷所承办的。鲁迅给《河南》杂志写文章，也是住在那里时的事情。

青木堂

　　青木堂在东大赤门前东头，离汤岛很近，夏天晚上往大学前看夜店，总要走过他门口，时常进去喝一杯冷饮。那时大概还不时行冰激淋，鲁迅所喝的多是别一种东西，用英语叫作密耳克舍克，可以译为摇乳吧，将牛乳鸡蛋果子露等放玻璃杯内，装入机器里摇转一会儿，这就成了。那里有各种罐头瓶头，很是完备，鲁迅常买的不过是长方罐的腌牛肉，只有一回买过特别货色，是一个碗形的罐，上大下小，标题土耳其鸡与舌头，打开看时，上面是些火鸡的白肉，底下是整个的牛舌头，不，整个怕装不下，或者是半个吧？鲁迅对于西餐的"冷舌头"很是赏识，大概买的目的是如此，却连带的吃了火鸡，恐怕也就只是这一次罢了。价格是一元半，在那时要算是很贵了。此外又买过两次猪肉的"琉球煮"，其实煮法也不特别，大抵同中国差不多，其不搁糖的一点或者更与绍兴相似，但是后来就不见了，原因当是不受主顾的欢迎。多年之后看到讲琉球生活的书，说那边的厕所很大，里边养着猪，与河北定县情形相同，二者都有中山之称，觉得很是巧合，但也因此想到那"琉球煮"的猪肉不能销行，未必不与这事无关。孙伏园昔在定县请客吃猪肚，经他的大世兄一句话说穿，主客为之搁箸，正是一个很好的例证。

学俄文

鲁迅学俄文是在一九〇七年的秋天吧，那时住在中越馆，每晚徒步至神田，路不很远，次年春迁居西片町，已经散伙，实在路远也不能去了。这事大概是由陶望潮发起，一共六个人，其中只有陈子英后来还独自继续往读；可以看书，别的人都半途而废了。教师是马理亚孔特夫人，这姓是西欧系统，可能是犹太人，当时住在日本，年纪大约三十余岁，不会说日本话，只用俄语教授，有一个姓山内的书生（寄食主人家，半工半读的学生），是外国语专门学校的肄业生，有时叫来翻译，不过那些文法上的说明大家多已明白，所以山内屡次申说，如诸位所已经知道，呐呐的说不好，来了一两天之后便不再来了。大家自己用字典文法查看一下，再去听先生讲读，差不多只是听发音，照样的念而已。俄文发音虽然不算容易，总比英语好，而且拼字又很规则，在初学只是觉得长一点，不知怎的有一位汪君总是念不好，往往加上些杂音去，仿佛起头多用"仆"字音，每听他仆仆的读不出的时候，不但教师替他着急，就是旁边坐着的许寿裳和鲁迅也紧张得浑身发热起来，他们常玩笑说，上课犹可，仆仆难当。汪君是刘申叔的亲戚，陶望潮去拉来参加的，后来在上海为同盟会人所暗杀，那时刘申叔投效在端方那里，汪君的死大概与此有关。

民报社听讲

鲁迅住在东竹町的时候，由陶望潮发起，往神田到一个俄国女人那里学俄文，因学费太贵（其实也只每月五元）而中止，在伍舍时由龚未生发起，往小石川到民报社请章太炎先生讲《说文》，到了伍舍散伙时，那一班也几乎拆散了。结果是钱某走了，搬到丙字十九号的三人还继续前去，可是这也没有多久也就中止，因为许寿裳与鲁迅于四五月间陆续回国，往杭州两级师范学堂去当教员。鲁迅所担任的生理学，有油印讲义尚存，许寿裳为题字曰《人生象斅》，斅字右边有反文，一眼看去像是斅字。那时的校长（大概是称作监督吧）是沈衡山先生，他是浙江前辈翰林，可是对人非常谦恭，说话时常说"钧儒以为"怎么样，后来鲁迅还时常说及这事。教员有好些是太炎的学生，民国成立后多转入浙江教育司办事，初任司长也就是沈衡山，有一部人则跟了蔡孑民进了教育部，如许寿裳，鲁迅均是。在教育司的人逐渐向北京走，进了高等师范和北京大学，养成许多文字音韵学家，至今还是很有势力。养成学者是好事情，但是展转讲学，薪传不绝，而没有做得出总结来，使文字学研究有一个结果，让不预备专攻深入的人，能够知道大略，这也可以说是一个缺陷吧。

民报社听讲二

往民报社听讲《说文》，是一九〇八至九年的事。太炎在东京一面主持《民报》，一面办国学讲习会，借神田的大成中学讲堂定期讲学，在留学界很有影响。鲁迅与许寿裳与龚未生谈起，想听章先生讲书，怕大班太杂沓，未生去对太炎说了，请他可否星期日午前在民报社另开一班，他便答应了。伍舍方面去了四人，未生和钱夏，朱希祖，朱宗莱都是原来在大成的，也跑来参加，一总是八个听讲的人，民报社在小石川区新小川町，一间八席的房子，当中放了一张矮桌子，先生坐在一面，学生围着三面听，用的书是《说文解字》，一个字一个字的讲下去，有的沿用旧学，有的发挥新义，鲁迅曾借未生的笔记抄录，其第一卷的抄本至今尚存。太炎对于阔人要发脾气，可是对学生却极好，随便谈笑，同家人朋友一样，夏天盘膝坐在席上，光着膀子，只穿一件长背心，留着一点泥鳅须，笑嘻嘻的讲书，庄谐杂出，看去好像是一尊庙里的哈喇菩萨。中国文字中本来有些素朴的说法，太炎也便笑嘻嘻的加以申明，特别是卷八尸部中尼字，据说原意训近，即后世的昵字，而许叔重的话很有点怪里怪气，这里也不能说得更好，而且又拉上孔夫子的尼丘来说，所以更是不大雅驯了。

民报案

在往民报社听讲的期间，《民报》被日本政府所禁止了。原因自然由于清政府的请求，表面则说是违反出版法，因为改变出版人的名义，没有向警厅报告，结果是发行禁止之外，还处以百五十元的罚金。《民报》虽说是同盟会的机关报，但孙中山系早已不管，这回罚金也要章太炎自己去付，过期付不出，便要一元一天拉去作苦工了。到得末了一天，龚未生来找鲁迅商量，结果转请许寿裳挪用了《支那经济全书》译本的印费一部分，这才解了这场危难。为了这件事，鲁迅对于孙系的同盟会很是不满，特别后来孙中山叫胡汉民等在法国复刊《民报》，仍从禁止的二十四期起，却并未重印太炎的那一份，而是从新写过，更显示出他们褊狭的态度来了。《民报》的文章虽是古奥，未能通俗，大概在南洋方面难得了解，但在东京及中国内地的学生中间力量也不小。太炎的有些文章，现在收在《章氏丛书》内，只像是古文，当时却含有革命意义的，鲁迅的佩服太炎可以说即在于此，即国学与革命这两点。太炎去世以后，鲁迅所写的纪念文章里面，把国学一面按下了，特别表彰他的革命精神，这正是很有见地的。知道太炎的学问，把他看作旧学的祖师极是普通，称赞他的革命便知道的更深了，虽然如许寿裳那么说他是国民党二杰之一，那也是不对的。

蒋抑卮

鲁迅移居西片町后，来客渐稀少，因为路稍不便，离电车站大概有两里路，而且房间狭窄，客室系公用，又与钱某住房连接，所以平常就不去使用它。丙字十九号也是差不多的情形，但那时却来了不速之客，是许寿裳鲁迅的友人，主人们乃不得不挤到一大间里去，把小间让出来给客人住。来者是蒋抑卮夫妇二人，蒋君因耳朵里的病，来东京就医，在那里寄住几时之后，由许君为在近地找了一所房子，后来就搬过去了。因为也是西片町十号，相去不远，除了中间进病院割治之外，几乎每天跑来谈天，那时许君已在高师毕了业，鲁迅则通常总是在家的，蒋君家里开着绸缎庄，自己是办银行的，可是人很开通，对于文学很有理解，在商业界中是很难得的人。癸卯（一九〇三）年秋间鲁迅在杭州遇见伍崇学（矿路同班），一同到上海，寄寓在十六铺一家水果行里，主人名张芝芳，是伍君的友人，也很开通，那时出版的新书他都购读，虽然鲁迅只在那里住了三天，后来也没有往还，却也值得记述，或者比蒋君更为难得亦未可知，因为蒋抑卮原是秀才，其能了解新学不算什么稀奇吧。

"眼睛石硬"

鲁迅自己在日本留学，对于留学生的态度却很不敬，有人或者要奇怪，这岂不是有点矛盾么？其实这并不然。鲁迅自从仙台医校退学之后，决心搞文学，译小说，办杂志，对于热中于做官发财的人都不大看得起，何况法政，铁路以至速成师范，在他看来还不全是目的只在弄钱么？可是留学生之中又以这几路的人为最多，在各种速成班没有停办之前，东京一处的留学生人数超过二万以上，什九聚在神田和早稻田两处，每到晚上往表神保町（神田）一看，只见街上行走的人大半是留学生而且顶上大都有"富士山"的。这是一条新旧书店会萃的街，鲁迅常要去逛，可是那里偏遇着这许多憧憧往来各式各样的怪人，使他看了生气，时常对许寿裳诉说，其普通的一句恶骂是"眼睛石硬"。这四个字用在那时的许多仁兄上的确非常切贴而且得神，但是现在似乎过了时，要想找一个代表出来恐怕很不容易，辛亥革命以来这四十年间，虽然教育发达不快，却是已发生了效力，在这下一代中已经不大有眼睛石硬的人了。在那时候，鲁迅的愤慨确是无怪，如今讲起来已成陈迹，这在中国正是一件好事情，大可以纪念的。

同乡学生

鲁迅在东京时的朋友，除上边说及的那些人之外，同乡中间有邵明之名文熔，蔡谷清名元康，陈公侠名毅，后改名仪，还有一个张承礼，杭州人，也是学陆军的，有一张武装的照片送给鲁迅，后来死于戴戡之难。南京矿路的同学一同出去的有张邦华，伍崇学，顾琅三人，只有张君有时来访，顾虽曾经属鲁迅编译《中国矿产志》，二人列名出版，可是以后却不来往了。鲁迅常外出逛书店，却不去访问友人，只等他们来谈，只有蒋观云尚未组织政闻社的时候，住在本乡的什么馆，他曾去问候他过。他没有日本的朋友，只是在一九〇六年秋冬之交，他去访一次宫崎寅藏，即随同孙中山革命的白浪庵滔天，他的《三十三年落花梦》其时中国早有译本了，原因是那年有人托带一件羊皮背心，一个紫砂茶壶，给在东京留学的吴女士，由宫崎转交，所以他特地送了去，大概他们谈得很好，所以这以后不久又到堺利彦等人所办的平民新闻社去访问他，因为宫崎住的很远，约他在那里相见的吧。这以后没有来往，直到多少年后宫崎的侄儿龙介和夫人白莲在上海看见他，题诗相赠，其时白浪庵恐已早归道山了。

日常生活

鲁迅在东京的日常生活，说起来似乎有点特别，因为他虽说是留学，学籍是独逸语学会的独逸语学校，实在他不是在那里当学生，却是在准备他一生的文学工作。这可以说是前期，后期则是民初在北京教育部的五六年。他早上起得很迟，特别是在中越馆的时期，那时最是自由无拘束。大抵在十时以后，醒后伏在枕上先吸一两枝香烟，那是名叫"敷岛"的，只有半段，所以两枝也只是抵一枝罢了。盥洗之后，不再吃早点心，坐一会儿看看新闻，就用午饭，不管怎么坏吃了就算，朋友们知道他的生活习惯，大抵下午来访，假如没有人来，到了差不多的时候就出去看旧书，不管有没有钱，反正德文旧杂志不贵，总可以买得一二册的。

有一个时期在学习俄文，晚饭后便要出发，徒步走到神田骏河台下，不知道学了几个月，那一本俄文读本没有完了，可见时间并不很长。回家来之后就在洋油灯下看书，要到什么时候睡觉，别人不大晓得，因为大抵都先睡了，到了明天早晨，房东来拿洋灯，整理炭盆，只见盆里插满了烟蒂头，像是一个大马蜂窠，就这上面估计起来，也约略可以想见那夜是相当的深了。

旧书店

鲁迅平常多看旧书店，假如怀中有点钱的时候，也去看新书，西文书是日本桥的丸善和神田的中西屋，德文则本乡的南江堂，但是因为中西屋在骏河台下，时常走到，所以平时也多进去一转，再到东京堂看日本新刊书与杂志。至于文求堂的中文旧书就难得去买，曾以六元购得《古谣谚》二十四册，不能算贵，大概只是那时不需要罢了。旧书店中大抵都有些西文书，比较多的有郁文堂和南阳堂总分店，都在本乡，那一家总店在水道桥迤北，交通便利，鲁迅与许寿裳便经常去看看，回寓后便说不知道又是哪一个小文学家死了，因为书架上发现了些新的文学书，说这话时很有点幽默气，可是内里也是足够悲惨的，在这里就可以知道当时文人的苦况了。旧书店以神田为最多，其次是本乡，大概因为神田学生太多良莠不齐的缘由吧，那里的书店老板与小伙计也更显得精明，跪坐在账桌一隅，目光炯炯，监视着看书的人，鲁迅说这很像是大蜘蛛蹲踞在网中心，样子很有点可怕，这个譬喻实在比"蹲山老虎"还要得神。交易几回，有点熟识了，自然就好得多，特别是真砂町相模屋的主人小泽，书虽不多，却肯替人往丸善取书（因为他曾在那里当过学徒）。与鲁迅很要好，有许多西书都是由他去托丸善往欧洲去买来的。

服　装

鲁迅在弘文学院与仙台医专的时代，当然穿的是制服，但是后来在东京就全是穿和服，大概只在丙午年从中国出来，以及己酉年回国去的时候，才改了装，那也不是西服，实在只是立领的学生装罢了。他平常无论往哪里去，都是那一套服色，便帽即打鸟帽，和服系裳，其形很像乡下农民冬天所着的拢裤，脚下穿皮靴。除了这皮靴之外，他的样子像是一个本地穷学生，在留学生中间也有穿和服的，但不是耸肩曲背，便很显得拖沓拥肿，总不能那么服贴。但闲中去逛书店，或看夜市，也常穿用木屐，这在留学生中也很少见，因为他们多把脚包得紧紧的，足指搭了起来，运动不灵，穿不上木屐了。

和服都是布做的，衬衫之外，有单夹棉（极薄）三套，又有一件外衣，也是夹的，冬天加在上边，裤则只是短裤，别人也有穿绒布长脚衬裤的，他却一直不用。东京冬天的气候大抵与上海差不多，他便是那么的对付过去。棉被一垫一盖，是日本式的，盖被厚而且重，冷天固然合用，春秋两季也一样的使用，并没有薄棉被。这些衣被都是以前所有的，在东京这几年中间差不多没有添置什么东西。

落花生

传说鲁迅最爱吃糖，这自然也是事实，他在南京的时候常常花两三角钱到下关"办馆"买一瓶摩尔登糖来吃，那扁圆的玻璃瓶上面就贴着写得怪里怪气的这四个字。那时候这糖的味道的确不差，比现今的水果糖仿佛要鲜得多，但事隔四五十年，这比较也就无从参证了。鲁迅在东京当然糖也吃，但似乎并不那么多，到是落花生的确吃得不少，特别有客来的时候，后来收拾花生壳往往是用大张的报纸包了出去的。假如手头有钱，也要买点较好的吃食，本乡三丁目的藤村制的栗馒头与羊羹（豆沙糕）比较名贵，今川小路的风月堂的西洋点心，名字是说不出了。有一回鲁迅买了风月堂新出的一种细点来，名叫乌勃利，说是法国做法，广告上说什么风味淡泊，觉得很有意思，可是打开重重的纸包时，簇新洋铁方盒里所装的只是二三十个乡下的"蛋卷"，不过做得精巧罢了。查法文字典，乌勃利原意乃是"卷煎饼"，说得很明白，事先不知道，不觉上了一个小当。

在本乡一处小店里曾买到寄售的大垣名产柿羊羹，装在对劈开的毛竹内，上贴竹箸作盖，倒真是价廉物美，可是买了几回之后，却再也不见了，觉得很是可惜，虽然这如自己试做，也大概可以做成功的。

酒

鲁迅酒量不大，可是喜欢喝几杯，特别有朋友对谈的时候，例如在乡下办师范学堂那时，与范爱农对酌，后来在北京 S 会馆，有时也从有名的广和居饭馆叫两样蹩脚菜，炸丸子与酸辣汤，打开一瓶双合盛的五星啤酒来喝。但是在东京却不知怎的简直不喝，虽然蒲桃酒与啤酒都很便宜，清酒不大好吃，那也算了。只是有一回，搬到西片町不久，大概是初秋天气，忽然大家兴致好起来，从近地叫作一白舍的一家西洋料理店要了几样西餐来吃，那时喝了些啤酒。后来许寿裳给他的杭州朋友金九如饯行，又有一次聚会，用的是中国菜，客人恭维说，现在嘴巴先回到中国了。陪客邵明之引用典故，说这是最后之晚餐了，大为主人所非笑，但那时没有什么酒，不知是什么缘故。鲁迅不常在外边吃饭，只是有时拉许寿裳一二人到神乐坂去吃"支那料理"，那是日本人所开的，店名记不得了，菜并不好，远不及维新号，就只是雅座好，尤其没有"富士山"，算是一件可取的地方，在我看来，实在还是维新号好得多，他的嘈杂也只是同东安市场的五芳斋相仿，味道好总是实惠，吃完擦嘴走出就完了。鲁迅在北京也上青云阁喝茶吃点心，可见他的态度随后也有改变了。

矮脚书几

留学生多不惯席地而坐，必须于小房间内摆上桌椅，高坐而看法政讲义，最为鲁迅所讥笑，虽然在伍舍时许、朱、钱诸公也都是如此的。他自己只席地用矮脚书几，别人的大抵普通是三尺长，二尺宽吧，他所用的却特别小，长只二尺，宽不到一尺半，有两个小抽斗，放剪刀，表和零钱，桌上一块长方的小砚台，上有木盖，是日本制一般小学生所用，墨也是日本制品，笔却是中国的狼毫水笔，不拘什么名称，大概是从神田的中国店里买来的。纸则全是用的日本纸，预备办《新生》杂志的时候，特别印了些稿纸，长方一张，十四行每行三十四字，纸是楮质，格子不大，毛笔写起来不大合式，如用自来水笔，倒还适宜，但他向不用这类笔，便是开单托书店买西文书，也还是拿毛笔写德国字。杂志办不成，稿纸剩得不少，后来也没有什么用处。平常抄文章，总用一种蓝印直行的纸，店里现成的很多，自己打格子衬着写，多少任意，比较的方便。大部的翻译小说，有十万多字的《劲草》和《红星佚史》，都是用这种稿纸，在那小书桌上抄录出来的。后者卖掉了，前者退了回来，在别处也碰了两个钉子，终于下落不明。

劲　草

《劲草》这部小说是从英文翻译出来的，英文名为《可怕的伊凡》，是讲伊凡四世时的一部历史小说。原作者是俄国的亚历舍托尔斯泰，比那老托尔斯泰还要早，他著作不多，这书却很有名，原来的书名是《克虐兹舍勒勃良尼》，译意可以说是《银公爵》。克虐兹的英译是泼林斯，普通多称亲王，不过亲王总该是王族，所以异姓的泼林斯应是公爵吧，舍勒勃良尼意云银，他是里边的主人公，忠义不屈，所以中文译本改称书名为《劲草》，意思是表彰他，实在那书中的主人公也本不是伊凡。伊凡四世是俄国史上有名的暴君，后人批评他说恐怕有点神经病，因为他的凶残与虔敬都是异乎寻常的。他虽不是主脚，却写得特别好，与那怯弱迷信的，能在水桶里看出未来的磨工是好一对，书里有好些紧张或幽默的场面，令人不能忘记，在稿子遗失之后，鲁迅有时提起磨工来，还觉得很有兴趣。这书抄好，寄给某书店去看，说已经有了，便退了回来，后来那边出了一部《不测之威》，即是此书的另一译本。民国以后鲁迅把《劲草》拿给别家书店看过，当然没有希望，有人说什么报上可以登，乃改名为《银公爵》，交了过去，也没有消息，这事大概在民五吧，已是三十五年前事，那部蓝格抄本就从此杳如黄鹤了。

河南杂志

鲁迅的《新生》杂志没有办起来，或者有人觉得可惜，其实退后几年来看，他并不曾完全失败，只是时间稍为迟延，工作也分散一点罢了。所想要翻译介绍的小说，第一批差不多都在《域外小说集》第一、二两册上发表了，这是一九〇八至〇九年的事，一九〇八年里给《河南》杂志写了几篇文章，这些意思原来也就是想在《新生》上发表的。假使把这两部分配搭一下，也可以出两三本杂志，问题只是这乃是清一色，若是杂志，总得还有拉来的稿子吧。他虽是替河南省分的刊物写文章，说的还是自己的话，至少是《文化偏至论》与《摩罗诗力说》，在《新生》里也一定会得有的，因为这多是他非说不可的话。他那时佩服拜伦，其次是匈牙利、俄国、波兰的爱国诗人，拜伦在英国被称为撒但派诗人，也即是恶魔派，不过魔字起于梁武帝，以前只用音译摩罗，这便是题目的由来。本来想从拜伦、谢理讲到别国，可惜没有写全。许寿裳也写有文章，是关于历史的吧，也未写完。他写文章很用心，先要泡好茶，买西洋点心来吃，好容易寄一次稿，得来的稿费就所余无几了。他写好文章，想不出用什么笔名，经鲁迅提示，用了"旐其"二字，那时正在读俄文，这乃是人民的意义云。

新　生

　　鲁迅的《新生》杂志终于没有办成，但计划早已定好，有些具体的办法也已有了。稿纸定印了不少，至今还留下有好些。第一期的插画也已拟定，是英国十九世纪画家瓦支的油画，题云《希望》，画作一个诗人，包着眼睛，抱了竖琴，跪在地球上面。英国出版的《瓦支画集》买有一册，材料就出在这里边，还有俄国反战的战争画家威勒须却庚他也很喜欢，特别其中的髑髅塔，和英国军队把印度革命者缚在炮口处决的图，这些大概是预备用在后来几期上的吧。杂志搁浅的原因最大是经费，这一关通不过，便什么都没有办法，第二关则是人力，实在也是一个很大的问题。鲁迅当时很看重袁文数，他们在东京谈得很好，袁就要往英国去，答应以后一定寄稿来，可是一去无消息，有如断线的风筝了。此外连他自己只有三个人，就是十分努力，也难凑得成一册杂志。那时我得到两三册安特路朗的著书，想来抄译成一篇文章，写出一节，题曰《三辰神话》，鲁迅用稿纸誊清了，等许寿裳来时传观一下，鼓励大家来动手，可是也没有什么后文。幸而报未办成，那文章也未写出发表，否则将是一场笑话，现今拿出那几本书来看，觉得根据了写《三辰神话》实在是不够的。

吃　茶

鲁迅的抽纸烟是有名的，又说他爱吃糖，这在东京时却并不显著，但是他的吃茶可以一说。在老家里有一种习惯，草囤里加棉花套，中间一把大锡壶，满装开水，另外一只茶缸，泡上浓茶汁，随时可以倒取，掺和了喝，从早到晚没有缺乏。日本也喝清茶，但与西洋相仿，大抵在吃饭时用，或者有客到来，临时泡茶，没有整天预备着的。鲁迅用的是旧方法，随时要喝茶，要用开水，所以在他的房间里与别人不同，就是在三伏天，也还要火炉，这是一个炭钵，外有方形木匣，灰中放着铁的三脚架，以便安放开水壶。茶壶照例只是所谓"急需"，与潮汕人吃工夫茶所用的相仿，泡一壶只可供给两三个人各一杯罢了，因此屡次加水，不久淡了，便须换新茶叶。这里用得着别一只陶缸，那原来是倒茶脚用的，旧茶叶也就放在这里边，普通顿底饭碗大的容器内每天总是满满的一缸，有客人来的时候，还要临时去倒掉一次才行。所用的茶叶大抵是中等的绿茶，好的玉露以上，粗的番茶，他都不用，中间的有十文目，二十目，三十目几种，平常总是买的"二十目"，两角钱有四两吧，经他这吃法也就只够一星期而已。

买"二十目"的茶叶，这在那时留学生中间，大概知道的人也是很少的。

看　戏

　　鲁迅在乡下常看社戏，小时候到东关看过五猖会，记在《朝花夕拾》里，他对于民间这种娱乐很有兴趣，但戏园里的戏似乎看得不多。他自己说在仙台时常常同了学生们进戏馆去"立看"，没有座位，在后边站着看一、二幕，价目很便宜，也很好玩。在东京没有这办法，他也不曾去过，只是有一回，大概是一九〇七年春天，几个同乡遇着，有许寿裳、邵明之、蔡谷清夫妇等，说去看戏去吧，便到春木町的本乡座，看泉镜花原作叫做《风流线》的新剧。主人公是一个伪善的资本家，标榜温情主义，欺骗工农人等，终于被侠客打倒，很有点浪漫色彩的，其中说他设立救济工人的机关，名叫救小屋，实在也是剥削人的地方，这救小屋的名称后来为这几个人所引用，常用作谈笑的资料。还有一次是春柳社表演《黑奴吁天录》，大概因为佩服李息霜的缘故，他们二三人也去一看，那是一个盛会，来看的人实在不少，但是鲁迅似乎不很满意，关于这事，他自己不曾说什么。他那时最喜欢伊勃生（《新青年》上称为"易卜生"，为他所反对）的著作，或者比较起来以为差一点，也未可知吧。新剧中有时不免有旧戏的作风，这当然也是他所不赞成的。

画　谱

鲁迅在日本居住，自壬寅至己酉，前后有八年之久，中间两三年又在没有中国人的仙台，与日本学生在一起，他的语学能力在留学生中是很不差的。但是他对于日本文学不感什么兴趣，只佩服一个夏目漱石，把他的小说《我是猫》、《漾虚集》、《鹑笼》、《永日小品》，以至干燥的《文学论》都买了来，又为读他的新作《虞美人草》定阅《朝日新闻》，随后单行本出版时又去买了一册，此外只有专译俄国小说的长谷川二叶亭，讲南欧文学的上田敏博士，听说他们要发表创作了，也在新闻上每天读那两种小说，即是《平凡》与《涡卷》，实在乃是对人不对事，所以那单行本就不再买了。他为什么喜欢夏目，这问题且不谈，总之他是喜欢，后来翻译几个日本文人的小说，我觉得也是那篇《克莱格先生》译得最好。日本旧画谱他也有点喜欢，那时浮世绘出版的风气未开，只有审美书院的几种，价目贵得出奇，他只好找吉川弘文馆旧版新印的书买，主要是自称"画狂老人"的那葛饰北斋的画谱，平均每册五十钱，陆续买了好些，可是顶有名的《北斋漫画》一部十五册，价七元半，也就买不起了。北斋的人物画，在光绪中上海出版的《古今名人画谱》（石印四册）中曾收有几幅，不过署名没有，所以无人知悉，只觉得有点画得奇怪罢了。

花　瓶

　　鲁迅从小喜欢"花书"，于有图的《山海经》、《尔雅》之外，还买些《古今名人画谱》之类的石印本，很羡慕"茜窗小品"，可是终于未能买到。这与在东京买"北斋"是连贯的，也可以说他后来爱木刻画的一个原因。民国以后他搞石刻，连带收集一点金石小品，如古钱、土偶、墓砖、石刻小佛像等，只是看了喜欢；尤其是价值不贵，这才买来，说不到收藏，有如人家买一个花瓶放在桌上看看罢了。说到花瓶，他曾在北京地摊上买过一个，是胆瓶式的，白地蓝花，草草的几笔，说不出是什么花，那时在看讲朝鲜陶器的书，觉得这很有相像的地方，便买了来，却也未能断定究竟是否。还有一个景泰蓝的，日本名为七宝烧，是在东京买的，这可以算是他那时代所有的唯一的文玩。这花瓶高三寸，口径一寸，上下一般大，方形而略带圆势，里面黑色，外面浅紫，上现一枝牵牛花，下有木座，售价五角。一九〇六年东京开博览会于上野，去溜达一趟之后，如入宝山却不肯空手回，便买了这一件，放在伏见馆的矮桌上，后来几次搬家都带着走，虽然不曾插过一次花，却总在什么角落有它的一个位置。这件古董一直带到绍兴、北京，大概在十年前还曾经看到过，假如没有失掉，那么现在一定还是存在的吧（这话说得有点可笑，却是事实）。

咳嗽药

鲁迅在中国时常有胃病，不知是饭前还是饭后，便要作痛，所以把桌子的抽屉拉出来，肚子靠在抽屉角上，一面在看书籍。可是在东京这病却没有了，别的毛病也没有生过，大概感冒风寒总是有的，因为他所备的药品有一瓶安知必林，那时爱司匹林锭还没有出现，这是头痛身热最好的药了。此外有一种叫作脑丸的丸药，也常预备着，这名字似乎是治脑病的什么药，其实乃是泻药的一种，意思是说泻了便头脑清爽，有如韦廉士的补丸，但是吃了不肚痛，这是它的好处。还有一样似药非药的东西，有一个时候也是常备的，这是橙皮舍利别，本是咳嗽药，但很香甜好吃，用水冲了可以当果子露用，一磅的玻璃瓶大概只卖五角钱，在果子露中也是便宜的。中国吃五加皮酒，略为有点相像，但五加皮究竟有点药味，若是茵陈烧，这就差不多了。安知必林与脑丸因为用处不多，所以长久的留存着，橙皮舍利别容易喝完，大约喝过一两瓶之后也就不再买了。在中国药房里这应该也有，大概叫作陈皮糖浆吧。夏天小孩要吃果子露，买这个来应用，至少是真的橘子皮，总比化学制品要好吧。

维新号

鲁迅在东京这几年，衣食住都很随便，他不穿洋服，不用桌椅，有些留学生苦于无床，便将壁厨上层作卧榻，大为鲁迅所非

朝花夕拾（典藏对照本）

笑，他自己是席上坐卧都无不可，假如到了一处地方只在地上铺稻草，他是也照样会睡的。关于吃食，虽然在《朝花夕拾》的小引中曾这样说："我有一时，曾经屡次忆起儿时在故乡所吃的蔬果：菱角，罗汉豆，茭白，香瓜。凡这些，都是极其鲜美可口的；都曾是使我思乡的蛊惑。"事实上却并不如是，或者这有一时只是在南京的时候，看庚子、辛丑的有些诗可以知道，至少在东京那时总没有这种迹象，他并不怎么去搜求故乡的东西来吃。神田的维新号楼下是杂货铺，罗列着种种中国好吃的物事，自火腿以至酱豆腐，可是他不曾买过什么，除了狼毫笔以外。一般留学生大抵不能那样淡泊，对于火腿总是怀念着，有一个朋友才从南京出来，鲁迅招待他住在伏见馆，他拿了一小方火腿叫公寓的下女替他蒸一下，岂知她们把它切块煮了一锅汤，他大生其气，见人便诉说他那火腿这一件事，鲁迅因此送他诨名就叫作"火腿"。这位朋友是河南人，一个好好先生，与鲁迅的关系一直很好，回国后在海军部当军法官，仍与鲁迅往还，不久病故，我就不曾在北京见到他过。

诨　名

鲁迅不常给人起诨名，但有时也要起一两个，这习惯大概可以说是从书房里来的，那里的绰号并没有什么恶意，不久也公认了成了第二个名字。譬如说小麻子，尖耳朵，固然最初是有点嘲弄的意思，但是抓住特点，容易认识，真够得上说"表德"，这与《水浒》上的赤发鬼,《左传》上的黑臀正是一样的切实。鲁迅给人起的诨名一部分是根据形象,大半是从本人的言行出来的。邵明之在北海道留学,面大多须,绰号曰"熊",当面也称之曰熊兄。陶焕卿连络会党,运动起事,太炎戏称为"焕强盗"、"焕皇帝",因袭称之为焕皇帝。蒋抑卮曰"拨伊铜钿",吴一斋曰"火腿",都有本事,钱德潜与太炎谈论,两手挥动,坐席前移,故曰"爬来爬去",这些诨名都没什么恶意。杭州章君是许寿裳的同学,听路上卖唱的,人问这唱的是什么,答说:"这是唱恋歌呀。"以后就诨名为"恋歌"。后来在教育部时,有同乡的候补人员往见,欲表示敬意,说自己是后辈,却自称小辈,大受鲁迅训斥,以后且称此公曰"小辈"。这两个例,就很含有不敬的意思。鲁迅同学顾琅在学堂时名芮体乾,改读字音称之曰"芮体干",虽然可以当面使用,却也是属于这一类的。

南江堂

鲁迅所学的欧语是德文,原因是矿路学堂附设在江南陆师学堂里,那里是教德文的,后来进医学校也是如此,所以这就成为他的第二外国语了。在东京买德文书的地方很不多,中西屋只有英文,丸善书店德法文有一点儿,专卖德文书的仅有一家南江堂,在本乡"切通",即是把山坡切开造成的街路,是往上野去的要道。在那里书籍很多,价目也不贵,就只可惜都是医学书,它开在那里也是专为接待医科大学的师生们的。可是它有几种德文小丛书，大都价廉物美，一种名《葛兴》的是各种学艺的总结，每册日金四角；又一种名《勒克拉谟》，纸面，每册一角至五角，看号数多少，什么书都有，不知道有几千号了。穷学生本来没有什么钱买书，这丛书最为适宜，而且其中有很难得的东西，例如鲁迅所要的弱小民族文学作品，别国不但很少，有时还很珍贵，在这里却容易得到，因为多是小册子，至多三号就是三角钱罢了。鲁迅的这一类书，可以说是他苦心收罗的成绩，看去薄薄的一本桂黄色纸面的书，当时却是托了相模屋书店交给丸善，特地写信向出版所去要来的，发单上开列好些种，一总价格却不过两三元。其中也有在旧书摊上得来的，如匈牙利人裴彖飞的小说，原价一角，大概七八分钱买来的吧，订书的铁丝已烂，书页也散了，可是谁料得到这是他所顶珍重的一册书呢。

德文书

鲁迅学了德文，可是对于德国文学没有什么兴趣。在东京虽然德文书不很多，但德国古典名著却容易买到，价钱也很便宜，鲁迅只有一部海涅的诗集，那两首"眸子青地丁，辅颊红蔷薇"的译诗，大概还是仙台时期的手笔，可见他对于这犹太系诗人是很有点喜欢的。奇怪的是他没有一本哥德的诗文，虽然在读本上当然念过，但并不重视他，十九世纪的作品也并没有什么。这里尼采可以算是一个例外，《察拉图斯忒拉如是说》一册多年保存在他书橱里，到了一九二〇年左右，他还把那第一篇译出，发表在

《新潮》杂志上面。他常称述尼采的一句话道："你看见车子要倒了，不要去扶它，还是去推它一把吧。"这话不知道是否在《察拉图斯忒拉》里，还是在别的书里，想起来确也有理，假如应用于旧社会、旧秩序上面。他利用德文，译了好些别国的有意义的文艺作品，有两部德文的《文学通史》也给了许多助力，这种书籍那时在英文中还是没有的。一部是三册本，凯尔沛来斯著，鲁迅所译《小俄罗斯文学略说》即取材于此，一部是一厚册，大概著者是谢来耳吧，这些里边有些难得的相片，如波兰的密支克微支和匈牙利服装的裴彖飞都是在别处没有看到过的。

补　遗

上边所讲的事情是一九〇六至〇九年这一段，前面还有一段，即一九〇二年至〇四年，鲁迅往仙台进医学校之前，他也是在东京，不过那时的事情我可是不知道了。翻阅在南京的旧日记，有几处可以抄引，算作补遗。

光绪壬寅（一九〇二）年二月十五日，鲁迅从南京趁大贞丸出发，次日到上海，寅老椿记客栈。二月三十日东京来信云："于廿六日到横滨，现住东京麹町区平河町四丁目三桥旅馆，不日进成城学校。"又言其俗皆席地而坐云。三月初六日寄来《扶桑记行》一卷，文颇长，今已不存。十三日顷来信云："已进弘文学院。在牛入区西五轩町三十四番，掌院嘉纳先生治五郎，学监大久保先生高明，教习江口先生，善华文而不能语言。"五月初三日来信附有照片，背后题字云：

"会稽山下之平民，日出国中之游子，弘文学院之制服，铃木真一之摄影，二十余龄之青年，四月中旬之吉日，走五千余里之邮筒，达星杓仲弟之英盼，兄树人顿首。"

癸卯（一九〇三）年三月四日，谢西园（陆师毕业生，跟了什么人往日本看操）回国，鲁迅托他带回一只衣箱，内有不用的中国衣服和书籍，和一张"断发照相"，留学生当初大抵是留一部分头发，蟠在帽内的，后来革命运动渐益壮大，又受了"富士山"的激刺，所以终于消除了。

补遗二

谢西园带回的衣箱内的那些书，日记上存有目录，计《清议报》合订八册，《新民丛报》两册，《新小说》一册，《译书汇编》四册，《雷笑余声》一册（是什么书已忘记了），《林和靖集》两册，《真山民集》一册，《朝鲜名家诗集》一册（均活字小本线装），《天籁阁》四册（？），《西力东侵史》一册，《世界十女杰》一册，照相两张，其一是弘文学院学生全体，其一即是上回所说的断发照相。此外又记有来信说严几道译《名学》甚好，嘱购阅，又一处云来信令购《华生包探案》，并嘱寄往日本，这书我还记得是铅字有光纸印，与哈葛得的《长生术》译本同一格式，那时或者是一起购买。这以后日记多有中断，甲辰（一九〇四）年三月中的记有至大行宫日本邮局取小包事，云书共十一册，《生理学粹》，

《利俾瑟战血余腥录》,《月界旅行》,《旧学》等皆佳,又《浙江潮》《新小说》等数册,灯下煮茗读之。这些都是中文书,有些英文书则无可考,只记得有一册《天方夜谈》,八大册的《嚣俄选集》,日本编印的英文小丛书,其中有亚伦坡的《黄金虫》,即为《玉虫缘》的底本,《侠女奴》则取自《天方夜谈》里的。大概因为《新小说》里登过照片,那时对于嚣俄(现译为雨果)十分崇拜,鲁迅于癸卯夏回乡时还写信给伍习之,托他在东京买新出的日译《怀旧》寄来,那也是嚣俄的一部中篇小说。

补遗三

癸卯(一九〇三)年夏天鲁迅回乡一趟,那年五月以后两个多月的日记中断,下一册从七月中旬起,正记的是他离开绍兴的事,今摘抄于下:

"七月十六日,余与自树既决定启行,因于午后束装登舟,雨下不止。傍晚至望江楼,少霁,舟人上岸市物,余亦登,买包子三十枚,回舟与自树大啖。少顷开船而雨又作,三更至珠岩寿拜耕家,往谈良久,啜茗而返,携得《国民日报》十数纸,于烛下读之。至四更,始睡,雨益厉,打篷背作大声。

"十七日晨抵西兴埠,大雨中雇轿渡江,至杭州旅行社,在白话报馆中见汪素民诸君。自树已改装,路人见者皆甚诧异。饭后自树往城头巷医齿疾,余着呢外套冒雨往清河坊为李复九购白菊花。晚宿楼上。

"十八日午前伍习之来访，云今日往上海，因约同行，下午乘舟往拱宸桥，彼已先在，包一小舱同住，舟中纵谈甚畅。

"十九日雨止，下午舟抵上海，雇车至十六铺张芝芳君处，张君甬人，隐于贾，人极开通，有女数人皆入学堂，伍君与之识，因留住。晚乘马车至四马路，自树买《群学肄言》一部，芝芳邀往看戏，夜半回寓。

"二十二日午自树往虹口下日本邮船，余与习之、芝芳同去，下午回寓，晚与习之乘招商局船往南京。"

丙午（一九〇六）年夏又回来一次，那时没有日记，只记得往东京时有邵明之，张午楼等共四人同行，至于月日则已完全忘记了。鲁迅是《新青年》以后的笔名，那时的别号是自树，索士（或索子），今依日记原文，仍用自树这个名字。

（《鲁迅的故家·鲁迅在东京》）

范爱农

在东京的客店里，我们大抵一起来就看报。学生所看的多是《朝日新闻》和《读卖新闻》，专爱打听社会上琐事的就看《二六新闻》。一天早晨，辟头就看见一条从中国来的电报，大概是：

"安徽巡抚恩铭被 Jo Shiki Rin 刺杀，刺客就擒。"

大家一怔之后，便容光焕发地互相告语，并且研究这刺客是谁，汉字是怎样三个字。但只要是绍兴人，又不专看教科书的，却早已明白了。这是徐锡麟，他留学回国之后，在做安徽候补道，办着巡警事务，正合于刺杀巡抚的地位。

大家接着就预测他将被极刑，家族将被连累。不久，秋瑾姑娘在绍兴被杀的消息也传来了，徐锡麟是被挖了心，给恩铭的亲兵炒食净尽。人心很愤怒。有几个人便秘密地开一个会，筹集川资；这时用得着日本浪人了，撕乌贼鱼下酒，慷慨一通之后，他便登程去接徐伯荪的家属去。

照例还有一个同乡会，吊烈士，骂满洲；此后便有人主张打电报到北京，痛斥满政府的无人道。会众即刻分成两派：一派要发电，一派不要发。我是主张发电的，但当我说出之后，即有一种钝滞的声音跟着起来：

"杀的杀掉了，死的死掉了，还发什么屁电报呢。"

这是一个高大身材，长头发，眼球白多黑少的人，看人总像在渺视。他蹲在席子上，我发言大抵就反对；我早觉得奇怪，注意着他的了，到这时才打听别人：说这话的是谁呢，有那么冷？认识的人告诉我说：他叫范爱农，是徐伯荪的学生。

我非常愤怒了，觉得他简直不是人，自己的先生被杀，连打一个电报还害怕，于是便坚执地主张要发电，同他争起来。结果是主张发电的居多数，他屈服了。其次要推出人来拟电稿。

"何必推举呢？自然是主张发电的人啰～～～。"他说。

我觉得他的话又在针对我，无理倒也并非无理的。但我便主张这一篇悲壮的文章必须深知烈士生平的人做，因为他比别人关系更密切，心里更悲愤，做出来就一定更动人。于是又争起来。结果是他不做，我也不做，不知谁承认做去了；其次是大家走散，只留下一个拟稿的和一两个干事，等候做好之后去拍发。

从此我总觉得这范爱农离奇，而且很可恶。天下可恶的人，当初以为是满人，这时才知道还在其次；第一倒是范爱农。中国不革命则已，要革命，首先就必须将范爱农除去。

然而这意见后来似乎逐渐淡薄，到底忘却了，我们从此也没有再见面。直到革命的前一年，我在故乡做教员，大概是春末时候罢，忽然在熟人的客座上看见了一个人，互相熟视了不过两三秒钟，我们便同时说：

"哦哦，你是范爱农！"

"哦哦，你是鲁迅！"

不知怎地我们便都笑了起来，是互相的嘲笑和悲哀。他眼睛还是那样，然而奇怪，只这几年，头上却有了白发了，但也许本来就有，我先前没有留心到。他穿着很旧的布马褂，破布鞋，显得很寒素。谈起自己的经历来，他说他后来没有了学费，不能再留学，便回来了。回到故乡之后，又受着轻蔑，排斥，迫害，几乎无地可容。现在是躲在乡下，教着几个小学生糊口。但因为有时觉得很气闷，所以也趁了航船进城来。

他又告诉我现在爱喝酒，于是我们便喝酒。从此他每一进城，必定来访我，非常相熟了。我们醉后常谈些愚不可及的疯话，连母亲偶然听到了也发笑。一天我忽而记起在东京开同乡会时的旧事，便问他：

"那一天你专门反对我，而且故意似的，究竟是什么缘故呢？"

"你还不知道？我一向就讨厌你的，——不但我，我们。"

"你那时之前，早知道我是谁么？"

"怎么不知道。我们到横滨，来接的不就是子英和你么？你看不起我们，摇摇头，你自己还记得么？"

我略略一想，记得的，虽然是七八年前的事。那时是子英来约我的，说到横滨去接新来留学的同乡。汽船一到，看见一大堆，大概一共有十多人，一上岸便将行李放到税关上去候查检，关吏在衣箱中翻来翻去，忽然翻出一双绣花的弓鞋来，便放下公事，拿着子细地看。我很不满，心里想，这些鸟男人，怎么带这东西来呢。自己不注意，那时也许就摇了摇头。检验完毕，在客店小坐之后，即须上火车。不料这一群读书人又在客车上让起坐位来了，甲要乙坐在这位上，乙要丙去坐，揖让未终，火车已开，车身一摇，即刻跌倒了三四个。我那时也很不满，暗地里想：连火车上的坐位，他们也要分出尊卑来……。自己不注意，也许又摇了摇头。然而那群雍容揖让的人物中就有范爱农，却直到这一天才想到。岂但他呢，说起来也惭愧，这一群里，还有后来在安徽战死的陈伯平烈士，被害的马宗汉烈士；被囚在黑狱里，到革命后才见天日而身上永带着匪刑的伤痕的也还有一两人。而我都茫无所知，摇着头将他们一并运上东京了。徐伯荪虽然和他们同船来，却不在这车上，因为他在神户就和他的夫人坐车走了陆路了。

我想我那时摇头大约有两回，他们看见的不知道是那一回，让坐时喧闹，检查时幽静，一定是在税关上的那一回了，试问爱农，果然是的。

"我真不懂你们带这东西做什么？是谁的？"

"还不是我们师母的？"他瞪着他多白的眼。

"到东京就要假装大脚，又何必带这东西呢？"

"谁知道呢？你问她去。"

到冬初，我们的景况更拮据了，然而还喝酒，讲笑话。忽然是武昌起义，接着是绍兴光复。第二天爱农就上城来，戴着农夫常用的毡帽，那笑容是从来没有见过的。

"老迅，我们今天不喝酒了。我要去看看光复的绍兴。我们同去。"

我们便到街上去走了一通，满眼是白旗。然而貌虽如此，内骨子是依旧的，因为还是几个旧乡绅所组织的军政府，什么铁路股东是行政司长，钱店掌柜是军械司长……。这军政府也到底不长久，几个少年一嚷，王金发带兵从杭州进来了，但即使不嚷或者也会来。他进来以后，也就被许多闲汉和新进的革命党所包围，大做王都督。在衙门里的人物，穿布衣来的，不上十天也大概换上皮袍子了，天气还并不冷。

　　我被摆在师范学校校长的饭碗旁边，王都督给了我校款二百元。爱农做监学，还是那件布袍子，但不大喝酒了，也很少有工夫谈闲天。他办事，兼教书，实在勤快得可以。

　　"情形还是不行，王金发他们。"一个去年听过我的讲义的少年来访问我，慷慨地说，"我们要办一种报来监督他们。不过发起人要借用先生的名字。还有一个是子英先生，一个是德清先生。为社会，我们知道你决不推却的。"

　　我答应他了。两天后便看见出报的传单，发起人诚然是三个。五天后便见报，开首便骂军政府和那里面的人员；此后是骂都督，都督的亲戚，同乡，姨太太……。

　　这样地骂了十多天，就有一种消息传到我的家里来，说都督因为你们诈取了他的钱，还骂他，要派人用手枪来打死你们了。

　　别人倒还不打紧，第一个着急的是我的母亲，叮嘱我不要再出去。但我还是照常走，并且说明，王金发是不来打死我们的，他虽然绿林大学出身，而杀人却不很轻易。况且我拿的是校款，这一点他还能明白的，不过说说罢了。

　　　　　　　　　　　　　　　　　　　　　朝花夕拾（典藏对照本）

果然没有来杀。写信去要经费，又取了二百元。但仿佛有些怒意，同时传令道：再来要，没有了！

不过爱农得到了一种新消息，却使我很为难。原来所谓"诈取"者，并非指学校经费而言，是指另有送给报馆的一笔款。报纸上骂了几天之后，王金发便叫人送去了五百元。于是乎我们的少年们便开起会议来，第一个问题是：收不收？决议曰：收。第二个问题是：收了之后骂不骂？决议曰：骂。理由是：收钱之后，他是股东；股东不好，自然要骂。

我即刻到报馆去问这事的真假。都是真的。略说了几句不该收他钱的话，一个名为会计的便不高兴了，质问我道：

"报馆为什么不收股本？"

"这不是股本……。"

"不是股本是什么？"

我就不再说下去了，这一点世故是早已知道的，倘我再说出连累我们的话来，他就会面斥我太爱惜不值钱的生命，不肯为社会牺牲，或者明天在报上就可以看见我怎样怕死发抖的记载。

然而事情很凑巧，季茀写信来催我往南京了。爱农也很赞成，但颇凄凉，说：

"这里又是那样，住不得。你快去罢……。"

我懂得他无声的话，决计往南京。先到都督府去辞职，自然照准，派来了一个拖鼻涕的接收员，我交出账目和余款一角又两铜元，不是校长了。后任是孔教会会长傅力臣。

报馆案是我到南京后两三个星期了结的，被一群兵们捣毁。

子英在乡下，没有事；德清适值在城里，大腿上被刺了一尖刀。他大怒了。自然，这是很有些痛的，怪他不得。他大怒之后，脱下衣服，照了一张照片，以显示一寸来宽的刀伤，并且做一篇文章叙述情形，向各处分送，宣传军政府的横暴。我想，这种照片现在是大约未必还有人收藏着了，尺寸太小，刀伤缩小到几乎等于无，如果不加说明，看见的人一定以为是带些疯气的风流人物的裸体照片，倘遇见孙传芳大帅，还怕要被禁止的。

我从南京移到北京的时候，爱农的学监也被孔教会会长的校长设法去掉了。他又成了革命前的爱农。我想为他在北京寻一点小事做，这是他非常希望的，然而没有机会。他后来便到一个熟人的家里去寄食，也时时给我信，景况愈困穷，言辞也愈凄苦。终于又非走出这熟人的家不可，便在各处飘浮。不久，忽然从同乡那里得到一个消息，说他已经掉在水里，淹死了。

我疑心他是自杀。因为他是浮水的好手，不容易淹死的。

夜间独坐在会馆里，十分悲凉，又疑心这消息并不确，但无端又觉得这是极其可靠的，虽然并无证据。一点法子都没有，只做了四首诗，后来曾在一种日报上发表，现在是将要忘记完了。只记得一首里的六句，起首四句是："把酒论天下，先生小酒人。大圜犹酩酊，微醉合沉沦。"中间忘掉两句，末了是"旧朋云散尽，余亦等轻尘。"

后来我回故乡去，才知道一些较为详细的事。爱农先是什么事也没得做，因为大家讨厌他。他很困难，但还喝酒，是朋友请他的。他已经很少和人们来往，常见的只剩下几个后来认识的较为年青的人了，然而他们似乎也不愿意多听他的牢骚，以为不如讲笑话有趣。

"也许明天就收到一个电报，拆开来一看，是鲁迅来叫我的。"他时常这样说。

一天，几个新的朋友约他坐船去看戏，回来已过夜半，又是大风雨，他醉着，却偏要到船舷上去小解。大家劝阻他，也不听，自己说是不会掉下去的。但他掉下去了，虽然能浮水，却从此不起来。

第二天打捞尸体，是在菱荡里找到的，直立着。

我至今不明白他究竟是失足还是自杀。

他死后一无所有，遗下一个幼女和他的夫人。有几个人想集一点钱作他女孩将来的学费的基金，因为一经提议，即有族人来争这笔款的保管权，——其实还没有这笔款，——大家觉得无聊，便无形消散了。

现在不知他唯一的女儿景况如何？倘在上学，中学已该毕业了罢。

十一月十八日。

范爱农

解　说

范爱农

本文起头说徐伯荪刺安徽巡抚恩铭的事，这事件发生于清光绪丁未（一九〇七年）五月二十六日，那时著者正住在本乡汤岛二丁目的伏见馆里，蔡孑民的兄弟蔡谷清夫妇大概也刚到来，由邵明之介绍，住在对面房间里，明之也可能常来闲坐谈天。鲁迅本来是不到同乡会的，这回特别跑去，听说范爱农的情形正如本文所说，但事实上他似乎不是和爱农有相反的意见，只是说爱农的形状、态度、说话都很是特别罢了。那时激烈派不主张打电报，理由便是如爱农所说，革命失败，只有再举，没有打电报给统治者的道理，痛斥也无用，何况只是抗议呢。其时梁任公一派正在组织政闻社，蒋观云也参与其间，他便主张发电报，要求清廷不乱杀人，大家都反对他，范爱农的话即对此而发的。鲁迅与许寿裳平时对于那同乡前辈（虽然是隔县）颇有敬意，此后就有了改变，又模仿他以前赠陶焕卿的诗加以讽刺。原诗有"敢云吾发短，要使此心存"一联，乃改为"敢云猪叫响，要使狗心存"。因为会场上他说"便是猪被杀时也要叫几声"，又说到狗，那时鲁迅回答说，猪只能叫叫，人不是猪，该有别的办法。所以在那同乡会的论争上，鲁迅与范爱农的立场乃是相同的，不过态度有点不同。往横滨埠头去招待那一群人，所说的情形也当是事实，其时

　　　　　　　　　　　　朝花夕拾（典藏对照本）

还在著者往仙台去之前，年代当是光绪乙巳（一九〇五年），徐伯荪几个人进不去陆军预备学校，便即回国，捐了候补道往安徽去，范爱农则是留下在那里求学的人之一吧。

哀范君

鲁迅与范爱农后来正式相识是在辛亥那一年，二人一见如故，以后便常往来。光复后，王金发建立了绍兴军政分府，维持公立的中等学校，请鲁迅去当师范学堂（壬子一月南京政府成立，始由教育部命令一律改称学校）的校长，范爱农为教务长。师范学堂在南街，与东昌坊口相去只一箭之路，爱农常于办公完毕后走来，戴着农夫所用的卷边毡帽，下雨时候便用钉鞋雨伞，一直走到里堂前，坐下谈天，喝着老酒，十时以后才回堂去。不过这个时期不很长久，到第二年春天鲁迅被蔡子民招往南京教育部，辞去校长，范爱农也就不安于位，随即去职了。旧的纸护书中不意保存着一封范君的信，很有参考的价值，其文如下：

"豫才先生大鉴：晤经子渊暨接陈子英函，知大驾已自南京回。听说南京一切措施与杭绍鲁卫，如此世界，实何生为，盖吾辈生成傲骨，未能随波逐流，惟死而已，端无生理。弟于旧历正月二十一日动身来杭，自知不善趋承，断无谋生机会，未能抛得西湖去，故来此小作勾留耳。现因承蒙傅励臣函邀担任师校监学事，虽未允他，拟阳月杪返绍一看，为偷生计，如可共事或暂任数月。罗扬伯居然做第一科课长，足见实至名归，学养优美。朱幼溪亦得列入学务科员，何莫非志趣过人，后来居上，羡煞羡煞。令弟想已来杭，弟拟明日前往一访，相见不远，诸容面陈，专此敬请著安。弟范斯年叩，廿七号。《越铎》事变化至此，恨恨，前言调和，光景绝望矣。又及。"

这信是壬子三月二十七号从杭州千胜桥沈寓所寄，有"杭省全盛源记信局"的印记，上批"局资例"，杭绍间信资照例是十二文，因为那时民间信局还是存在。这与鲁迅的本文有可以对照的地方，如傅励臣即后任的校长孔教会会长傅力臣，虽然邀他继任监学，后来好像没有实现。朱幼溪即本文中都督府派来的拖鼻涕的接收员，罗扬伯则是所谓新进的革命党之一人。《越铎》即是骂都督的日报，系省立第五中学（旧称府学堂）毕业生王文灏等所创办，不过所指变化却不是报馆被毁案，乃是说内部分裂，《民兴报》大概即由此而产生，但是不到一年也就关门了。范爱农之死在于壬子秋间，仿佛记得是同了民兴报馆的人往城外看月去的，论理应当是在旧历中秋前后，但查鲁迅的《哀范君》诗三章的抄稿注"壬子八月"，所指乃是阳历，鲁迅附笺署"二十三日"，则是北京回信的时日，算来看月可能是在阳历了。本文中说爱农尸体在菱荡中找到，也证明是在秋天，虽然实在是蹲踞而非真是直立着。本文又说爱农死后做了四首诗，在日报上发表，现在将要忘记了，只记得前后的六句，后来《集外集》收有这一首，中间已补上了，原稿却又不同，而且一总原是三首，今抄录于后以供比较。（按：三诗已收《集外集拾遗》。）

哀范君三章

　　　　　　　　　　　　　　　　　　　朝花夕拾（典藏对照本）

其一

风雨飘摇日，余怀范爱农。华颠萎寥落，白眼看鸡虫。世味秋荼苦，人间直道穷。奈何三月别，遽尔失畸躬。

其二

海草国门碧，多年老异乡。狐狸方去穴，桃偶尽登场。故里彤云恶，炎天凛夜长。独沉清冽水，能否洗愁肠。

其三

把酒论当世，先生小酒人。大圜犹酩酊，微醉自沉沦。此别成终古，从兹绝绪言。故人云散尽，我亦等轻尘。

题目下原署真名姓，涂改为"黄棘"二字。稿后附书四行，其文云："我于爱农之死为之不怡者累日，至今未能释然。昨忽成诗三章，随手写之，而忽将鸡虫做入，真是奇绝妙绝，辟历一声，……今录上，希大鉴定家鉴定，如不恶乃可登诸《民兴》也。天下虽未必仰望已久，然我亦岂能已于言乎。二十三日，树又言。"这里有些游戏廋辞，释明不易，关于鸡虫可参看《呐喊衍义》第六六节《新贵》一项，"天下仰望已久"一语也是一种典故，出于学务科员之口，逢人便说，在那时候知道的人很多，一听到时就立即知道这是说的什么人了。

（《鲁迅小说里的人物·彷徨衍义》）

范爱农

鲁迅与范爱农

......

第二封信的日期是五月九日，也是从杭州寄出，这在《壬子日记》上有记录，"五月十五日上午得范爱农信，九日自杭州发。"其文云：

"豫才先生钧鉴：别来数日矣，屈指行旌已可到达。子英成章已经卸却，弟之监学则为二年级诸生斥逐，亦于本月一号午后出校。此事起因虽为饭菜，实由傅励臣处置不宜，平日但求敷衍了事，一任诸生自由行动所致。弟早料必生事端，惟不料祸之及己。推及己之由，则（后改为"现悉统"）系何几仲一人所主使，唯几仲与弟结如此不解冤，弟实无从深悉。盖饭菜之事，系范显章朱祖善二公因二十八号星期日起晏，强令厨役补开，厨役以未得教务室及庶务员之命拒之，因此深恨厨役，唆令同学于次日早膳，以饭中有蜈蚣，冀泄其怨。时弟在席，当令厨役掉换，一面将厨役训斥数语了事。讵范朱等忿犹未泄，于午膳时复以饭中有蜈蚣，时适弟不在席，傅励臣在席，相率不食，（但发现蜈蚣时有半数食事已毕，）坚欲请校长严办厨房，其意似非撤换不可。傅乃令诸生询弟，弟令厨役重煮，学生大多数赞成，且宣言如菜不敷，由伊等自购，既经范某说过重煮，定须令厨役重煮。厨役遂复煮，比熟已届上课时刻，乃请诸候选教员用膳，请之再三，而胡问涛朱祖善范显章赵士璟等一味在内喧扰不来。励乃嘱弟去唤，一面摇铃，令未饱者赶紧来吃，其余均去上课。弟遂前往宣布，胡问

　　　　　　　　　　　　　　　　　　　朝花夕拾（典藏对照本）

涛以菜冷且不敷为词，弟乃云前此汝等宣言菜如不敷，由汝等自备，现在汝等既未备，无论如何只有勉强吃一点。胡等犹复刺刺不已，弟遂宣言，不愿吃又不上课，汝等来此何干，此地究非施饭学堂，（施饭两字系他们所出报中语，）如愿在此肄业，此刻饭不要吃了，理当前去听讲，否则即不愿肄业，尽可回府，即使汝等全体因此区区细故愿退学亦不妨。于是欲吃者还赴膳厅，其已毕者去上课。昨晨早膳，校长俟诸生坐齐后乃忽宣言，此后诸生如饭菜不妥，须于未坐定前见告，如昨日之事可一不可再，若再如此，决不答应。诸生复愤，俟食毕遂开会请问校长，以罢课为要挟，此时系专与校长为难，未几乃以弟昨日所云退学不妨一语为词，宣言如弟在校，决不上课，系专与弟为难，延至午后卒未解决。弟以弟之来师范非学生之招，系校长所聘，非校长辞弟，非弟辞校长，决不出校，与他们寻开心。学生往告诉几仲，傍晚几仲遂至校，嘱校长辞弟，谓范某既与学生不洽，不妨另聘，傅未允，快快去。次日仍不上课，傅遂悬牌将胡问涛并李铭二生斥退，（此二生有实据，系与校长面陈换弟，）胡李遂与赵士瑑朱祖善等持牌至知事署，并告几仲。几仲遂于午后令诸生将弟物件搬出门房，几仲亦来，（并令大白暨文灏登报，）弟适有友来访，遂与偕出返舍。刻因家居无味，于昨日来杭，冀觅一栖枝，且如是情形（案此四字下文重复，推测当是"陈子英"之误写，）亦曾约弟同住西湖闲游，故早日来杭，因如是情形现有祭产之事，日前晤及，云须事毕方可来杭也。专此即询兴居，弟范斯年叩，五月九号。诸乡先生晤时希为候候。蒙赐示希寄杭垣江门局内西首范宅，或千胜桥宋高陶巷口沈馥生转交。"

第三封信是在四天后寄出的，鲁迅日记上也有记录云："十九日夜得范爱农信，十三日自杭州发。"其文云：

"豫才先生赐电：阳历九号奉上一缄，谅登记室。师校情形如是，绍兴教育前途必无好果。顷接子英来函云，陈伯翔兄亦已辞职，伯翔境地与弟不相上下，当此鸡鹜争食之际，弃如敝屣，是诚我越之卓卓者，足见阁下相士不虚。省中人浮于事，弟生成傲骨，不肯钻营，又不善钻营。子英昨来函云，来杭之约不能实践，且以成章校擅买钱武肃王祠余地，现钱静斋父子邀同族人，出而为难，渠虽告退，似不能不出为排解，惟校董会长决计不居，并云倘被他们缠绕不休，或来杭垣一避。如是情形弟本拟本日西归，惟昨访沈馥生，询及绍地种种，以弟返绍家居，有何兴味，嘱弟姑缓归期，再赴伊寓盘桓一二旬，再作计较，刻拟明后日前往。如蒙赐示，乞径寄千胜桥宋高陶巷口沈寓可也。专此即询兴居，弟范斯年叩，五月十三号。"

关于这两封信我们来合并说明一下。陈子英名濬，与徐伯荪相识最早，是革命运动的同志，范爱农沈馥生则是徐的后辈，一同往日本去的。陶成章资格更老，很早就在连络会党，计划起事，是光复会的主干，为同盟会的陈其美所忌，于壬子一月十三日被蒋介石亲手暗杀于上海。他的友人同志在绍兴成立一个"成章女学校"，给他作纪念，陈子英有一个时期被推为校董会长。何几仲系《阿Q正传》中所说"柿油党"（自由党）的一个重要人物，当时大概是在做教育科长吧。陈伯翔是鲁迅教过书的"两级师范学堂"的毕业生，在师范学校任课，因为范爱农被逐的事件，对于校长和学生都感觉不满，所以辞职表示反对。这表示出他是有正义感的人物，范爱农信里称赞的话不是虚假的。鲁迅日记中此后还有一项云："六月四日得范爱农信，三十日杭州发，"只可惜这一封信现在找不到了。

......

鲁迅的朋友中间不幸屈死的人也并不少，但是对于范爱农却特别不能忘记，事隔多年还专写文章来纪念他。这回发见范爱农的遗札，原是偶然，却也是很特别的，使得我们更多的明了他末年的事情，给鲁迅的文章做注解，这也正是很有意思的事吧。

（《鲁迅的青年时代》）

后　记

　　我在第三篇讲《二十四孝》的开头，说北京恐吓小孩的"马虎子"应作"麻胡子"，是指麻叔谋，而且以他为胡人。现在知道是错了，"胡"应作"祜"，是叔谋之名，见唐人李济翁做的《资暇集》卷下，题云《非麻胡》。原文如次：

　　"俗怖婴儿曰：麻胡来！不知其源者，以为多髯之神而验刺者，非也。隋将军麻祜，性酷虐，炀帝令开汴河，威棱既盛，至稚童望风而畏，互相恐吓曰：麻祜来！稚童语不正，转祜为胡。只如宪宗朝泾将郝玼，蕃中皆畏惮，其国婴儿啼者，以玼怖之则止。又，武宗朝，闾阎孩孺相胁云：薛尹来！咸类此也。况《魏志》载张文远辽来之明证乎？"（原注：麻祜庙在睢阳。邷方节度李丕即其后。丕为重建碑。）

　　原来我的识见，就正和唐朝的"不知其源者"相同，贻讥于千载之前，真是咎有应得，只好苦笑。但又不知麻祜庙碑或碑文，现今尚在睢阳或存于方志中否？倘在，我们当可以看见和小说《开河记》所载相反的他的功业。

因为想寻几张插画，常维钧兄给我在北京搜集了许多材料，有几种是为我所未曾见过的：如光绪己卯（1879）肃州胡文炳作的《二百卌孝图》——原书有注云："卌读如习。"我真不解他何以不直称四十，而必须如此麻烦——即其一。我所反对的"郭巨埋儿"，他于我还未出世的前几年，已经删去了。序有云：

> "……坊间所刻《二十四孝》，善矣。然其中郭巨埋儿一事，揆之天理人情，殊不可以训。……炳窃不自量，妄为编辑。凡矫枉过正而刻意求名者，概从割爱；惟择其事之不诡于正，而人人可为者，类为六门。……"

这位肃州胡老先生的勇决，委实令我佩服了。但这种意见，恐怕是怀抱者不乏其人，而且由来已久的，不过大抵不敢毅然删改，笔之于书。如同治十一年（1872）刻的《百孝图》，前有纪常郑绩序，就说：

> "……况迩来世风日下，沿习浇漓，不知孝出天性自然，反以孝作另成一事。且择古人投炉埋儿为忍心害理，指割股抽肠为损亲遗体。殊未审孝只在乎心，不在乎迹。尽孝无定形，行孝无定事。古之孝者非在今所宜，今之孝者难泥古之事。因此时此地不同，而其人其事各异，求其所以尽孝之心则一也。子夏曰：事父母能竭其力。故孔门问孝，所答何尝有同然乎？……"

则同治年间就有人以埋儿等事为"忍心害理"，灼然可知。至于这一位"纪常郑绩"先生的意思，我却还是不大懂，或者像是说：这些事现在可以不必学，但也不必说他错。

这部《百孝图》的起源有点特别，是因为见了"粤东颜子"的《百美新咏》而作的。人重色而己重孝，卫道之盛心可谓至矣。虽然是"会稽俞葆真兰浦编辑"，与不佞有同乡之谊，——但我还只得老实说：不大高明。例如木兰从军的出典，他注云："隋史"。这样名目的书，现今是没有的；倘是《隋书》，那里面又没有木兰从军的事。

而中华民国九年（1920），上海的书店却偏偏将它用石印翻印了，书名的前后各添了两个字：《男女百孝图全传》。第一叶上还有一行小字道：家庭教育的好模范。又加了一篇"吴下大错王鼎谨识"的序，开首先发同治年间"纪常郑绩"先生一流的感慨：

> "慨自欧化东渐，海内承学之士，器器然侈谈自由平等之说，致道德日就沦胥，人心日益浇漓，寡廉鲜耻，无所不为，侥幸行险，人思幸进，求所谓砥砺廉隅，束身自爱者，世不多睹焉。……起观斯世之忍心害理，几全如陈叔宝之无心肝。长此滔滔，伊何底止？……"

其实陈叔宝模胡到好像"全无心肝"，或者有之，若拉他来配"忍心害理"，却未免有些冤枉。这是有几个人以评"郭巨埋儿"和"李娥投炉"的事的。

至于人心，有几点确也似乎正在浇漓起来。自从《男女之秘密》，《男女交合新论》出现后，上海就很有些书名喜欢用"男女"二字冠首。现在是连"以正人心而厚风俗"的《百孝图》上也加上了。这大概为因不满于《百美新咏》而教孝的"会稽俞葆真兰浦"先生所不及料的罢。

　　　　　　　　　　　　　朝花夕拾（典藏对照本）

从说"百行之先"的孝而忽然拉到"男女"上去，仿佛也近乎不庄重，——浇漓。但我总还想趁便说几句，——自然竭力来减省。

我们中国人即使对于"百行之先"，我敢说，也未必就不想到男女上去的。太平无事，闲人很多，偶有"杀身成仁舍生取义"的，本人也许忙得不暇检点，而活着的旁观者总会加以绵密的研究。曹娥的投江觅父，淹死后抱父尸出，是载在正史，很有许多人知道的。但这一个"抱"字却发生过问题。

我幼小时候，在故乡曾经听到老年人这样讲：

"……死了的曹娥，和她父亲的尸体，最初是面对面抱着浮上来的。然而过往行人看见的都发笑了，说：哈哈！这么一个年青姑娘抱着这么一个老头子！于是那两个死尸又沉下去了；停了一刻又浮起来，这回是背对背的负着。"

好！在礼义之邦里，连一个年幼——呜呼，"娥年十四"而已——的死孝女要和死父亲一同浮出，也有这么艰难！

我检查《百孝图》和《二百卅孝图》，画师都很聪明，所画的是曹娥还未跳入江中，只在江干啼哭。但吴友如画的《女二十四孝图》（1892）却正是两尸一同浮出的这一幕，而且也正画作"背对背"，如第一图的上方。我想，他大约也知道我所听到的那故事的。还有《后二十四孝图说》，也是吴友如画，也有曹娥，则画作正在投江的情状，如第一图下。

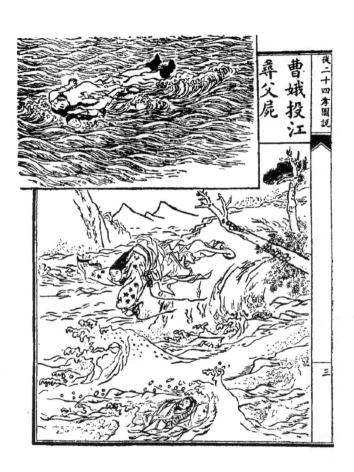

曹娥投江尋父屍

後二十四孝圖說

三

就我现今所见的教孝的图说而言，古今颇有许多遇盗，遇虎，遇火，遇风的孝子，那应付的方法，十之九是"哭"和"拜"。

中国的哭和拜，什么时候才完呢？

至于画法，我以为最简古的倒要算日本的小田海僊本，这本子早已印入《点石斋丛画》里，变成国货，很容易入手的了。吴友如画的最细巧，也最能引动人。但他于历史画其实是不大相宜的；他久居上海的租界里，耳濡目染，最擅长的倒在作"恶鸨虐妓"，"流氓拆梢"一类的时事画，那真是勃勃有生气，令人在纸上看出上海的洋场来。但影响殊不佳，近来许多小说和儿童读物的插画中，往往将一切女性画成妓女样，一切孩童都画得像一个小流氓，大半就因为太看了他的画本的缘故。

而孝子的事迹也比较地更难画，因为总是惨苦的多。譬如"郭巨埋儿"，无论如何总难以画到引得孩子眉飞色舞，自愿躺到坑里去。还有"尝粪心忧"，也不容易引人入胜。还有老莱子的"戏彩娱亲"，题诗上虽说"喜色满庭帏"，而图画上却绝少有有趣的家庭的气息。

我现在选取了三种不同的标本，合成第二图。上方的是《百孝图》中的一部分，"陈村何云梯"画的，画的是"取水上堂诈跌卧地作婴儿啼"这一段。也带出"双亲开口笑"来。中间的一小块是我从"直北李锡彤"画的《二十四孝图诗合刊》上描下来的，画的是"著五色斑斓之衣为婴儿戏于亲侧"这一段；手里捏着"摇咕咚"，就是"婴儿戏"这三个字的点题。但大约李先生觉得一个高大的老头子玩这样的把戏究竟不像样，将他的身子竭力收缩，

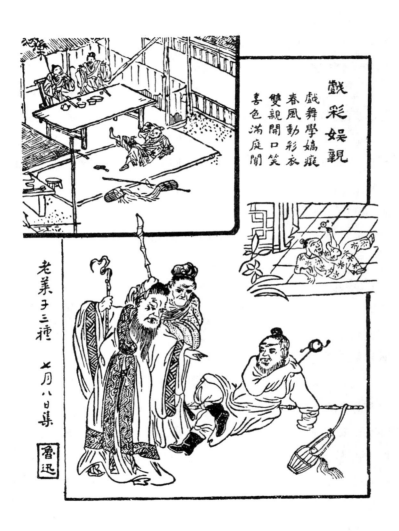

戲彩娛親

戲舞學嬌癡
春風動彩衣
雙親開口笑
喜色滿庭闈

老萊子三種　七月八日集

魯迅

画成一个有胡子的小孩子了。然而仍然无趣。至于线的错误和缺少，那是不能怪作者的，也不能埋怨我，只能去骂刻工。查这刻工当前清同治十二年（1873）时，是在"山东省布政司街南首路西鸿文堂刻字处"。下方的是"民国壬戌"（1922）慎独山房刻本，无画人姓名，但是双料画法，一面"诈跌卧地"，一面"为婴儿戏"，将两件事合起来，而将"斑斓之衣"忘却了。吴友如画的一本，也合两事为一，也忘了斑斓之衣，只是老莱子比较的胖一些，且绾着双丫髻，——不过还是无趣味。

人说，讽刺和冷嘲只隔一张纸，我以为有趣和肉麻也一样。孩子对父母撒娇可以看得有趣，若是成人，便未免有些不顺眼。放达的夫妻在人面前的互相爱怜的态度，有时略一跨出有趣的界线，也容易变为肉麻。老莱子的作态的图，正无怪谁也画不好。像这些图画上似的家庭里，我是一天也住不舒服的，你看这样一位七十岁的老太爷整年假惺惺地玩着一个"摇咕咚"。

汉朝人在宫殿和墓前的石室里，多喜欢绘画或雕刻古来的帝王，孔子弟子，列士，列女，孝子之类的图。宫殿当然一椽不存了；石室却偶然还有，而最完全的是山东嘉祥县的武氏石室。我仿佛记得那上面就刻着老莱子的故事。但现在手头既没有拓本，也没有《金石萃编》，不能查考了；否则，将现时的和约一千八百年前的图画比较起来，也是一种颇有趣味的事。

关于老莱子的，《百孝图》上还有这样的一段：

"……莱子又有弄雏娱亲之事：尝弄雏于双亲之侧，欲亲之喜。"（原注：《高士传》。）

谁做的《高士传》呢？嵇康的，还是皇甫谧的？也还是手头没有书，无从查考。只在新近因为白得了一个月的薪水，这才发狠买来的《太平御览》上查了一通，到底查不着，倘不是我粗心，那就是出于别的唐宋人的类书里的了。但这也没有什么大关系。我所觉得特别的，是文中的那"雏"字。

我想，这"雏"未必一定是小禽鸟。孩子们喜欢弄来玩耍的，用泥和绸或布做成的人形，日本也叫 Hina，写作"雏"。他们那里往往存留中国的古语；而老莱子在父母面前弄孩子的玩具，也比弄小禽鸟更自然。所以英语的 Doll，即我们现在称为"洋囡囡"或"泥人儿"，而文字上只好写作"傀儡"的，说不定古人就称"雏"，后来中绝，便只残存于日本了。但这不过是我一时的臆测，此外也并无什么坚实的凭证。

这弄雏的事，似乎也还没有人画过图。

我所搜集的另一批，是内有"无常"的画像的书籍。一曰《玉历钞传警世》（或无下二字），一曰《玉历至宝钞》（或作编）。其实是两种都差不多的。关于搜集的事，我首先仍要感谢常维钧兄，他寄给我北京龙光斋本，又鉴光斋本；天津思过斋本，又石印局本；南京李光明庄本。其次是章矛尘兄，给我杭州玛瑙经房本，绍兴许广记本，最近石印本。又其次是我自己，得到广州宝经阁本，又翰元楼本。

这些《玉历》，有繁简两种，是和我的前言相符的。但我调查了一切无常的画像之后，却恐慌起来了。因为书上的"活无常"

是花袍，纱帽，背后插刀；而拿算盘，戴高帽子的却是"死有分"！虽然面貌有凶恶和和善之别，脚下有草鞋和布（？）鞋之殊，也不过画工偶然的随便，而最关紧要的题字，则全体一致，曰："死有分"。呜呼，这明明是专在和我为难。

然而我还不能心服。一者因为这些书都不是我幼小时候所见的那一部，二者因为我还确信我的记忆并没有错。不过撕下一叶来做插画的企图，却被无声无臭地打得粉碎了。只得选取标本各一——南京本的死有分和广州本的活无常——之外，还自己动手，添画一个我所记得的目连戏或迎神赛会中的"活无常"来塞责，如第三图上方。好在我并非画家，虽然太不高明，读者也许不至于嗔责罢。先前想不到后来，曾经对于吴友如先生辈颇说过几句蹊跷话，不料曾几何时，即须自己出丑了，现在就预先辩解几句在这里存案。但是，如果无效，那也只好直抄徐（印世昌）大总统的哲学：听其自然。

还有不能心服的事，是我觉得虽是宣传《玉历》的诸公，于阴间的事情其实也不大了然。例如一个人初死时的情状，那图像就分成两派。一派是只来一位手执钢叉的鬼卒，叫作"勾魂使者"，此外什么都没有；一派是一个马面，两个无常——阳无常和阴无常——而并非活无常和死有分。倘说，那两个就是活无常和死有分罢，则和单个的画像又不一致。如第四图版上的 A，阳无常何尝是花袍纱帽？只有阴无常却和单画的死有分颇相像的，但也放下算盘拿了扇。这还可以说大约因为其时是夏天，然而怎么又长了那么长的络腮胡子了呢？难道夏天时疫多，他竟忙得连

朝花夕拾（典藏对照本）

修刮的工夫都没有了么？这图的来源是天津思过斋的本子，合并声明；还有北京和广州本上的，也相差无几。

B是从南京的李光明庄刻本上取来的，图画和A相同，而题字则正相反了：天津本指为阴无常者，它却道是阳无常。但和我的主张是一致的。那么，倘有一个素衣高帽的东西，不问他胡子之有无，北京人，天津人，广州人只管去称为阴无常或死有分，我和南京人则叫他活无常，各随自己的便罢。"名者，实之宾也"，不关什么紧要的。

不过我还要添上一点C图，是绍兴许广记刻本中的一部分，上面并无题字，不知宣传者于意云何。我幼小时常常走过许广记的门前，也闲看他们刻图画，是专爱用弧线和直线，不大肯作曲线的，所以无常先生的真相，在这里也难以判然。只是他身边另有一个小高帽，却还能分明看出，为别的本子上所无。这就是我所说过的在赛会时候出现的阿领。他连办公时间也带着儿子（？）走，我想，大概是在叫他跟随学习，预备长大之后，可以"无改于父之道"的。

除勾摄人魂外，十殿阎罗王中第四殿五官王的案桌旁边，也什九站着一个高帽脚色。如D图，1取自天津的思过斋本，模样颇漂亮；2是南京本，舌头拖出来了，不知何故；3是广州的宝经阁本，扇子破了；4是北京龙光斋本，无扇，下巴之下一条黑，我看不透它是胡子还是舌头；5是天津石印局本，也颇漂亮，然而站到第七殿泰山王的公案桌边去了：这是很特别的。

又，老虎噬人的图上，也一定画有一个高帽的脚色，拿着纸

朝花夕拾（典藏对照本）

扇子暗地里在指挥。不知道这也就是无常呢，还是所谓"伥鬼"？但我乡戏文上的伥鬼都不戴高帽子。

　　研究这一类三魂渺渺，七魄茫茫，"死无对证"的学问，是很新颖，也极占便宜的。假使征集材料，开始讨论，将各种往来的信件都编印起来，恐怕也可以出三四本颇厚的书，并且因此升为"学者"。但是，"活无常学者"，名称不大冠冕，我不想干下去了，只在这里下一个武断：

　　《玉历》式的思想是很粗浅的："活无常"和"死有分"，合起来是人生的象征。人将死时，本只须死有分来到。因为他一到，这时候，也就可见"活无常"。

　　但民间又有一种自称"走阴"或"阴差"的，是生人暂时入冥，帮办公事的脚色。因为他帮同勾魂摄魄，大家也就称之为"无常"；又以其本是生魂也，则别之曰"阳"，但从此便和"活无常"隐然相混了。如第四图版之Ａ，题为"阳无常"的，是平常人的普通装束，足见明明是阴差，他的职务只在领鬼卒进门，所以站在阶下。

　　既有了生魂入冥的"阳无常"，便以"阴无常"来称职务相似而并非生魂的死有分了。

　　做目连戏和迎神赛会虽说是祷祈，同时也等于娱乐，扮演出来的应该是阴差，而普通状态太无趣，——无所谓扮演，——不如奇特些好，于是就将"那一个无常"的衣装给他穿上了；——自然原也没有知道得很清楚。然而从此也更传讹下去。所以南京人和我之所谓活无常，是阴差而穿着死有分的衣冠，顶着真的活无常的名号，大背经典，荒谬得很的。

不知海内博雅君子，以为何如？

我本来并不准备做什么后记，只想寻几张旧画像来做插图，不料目的不达，便变成一面比较，剪贴，一面乱发议论了。那一点本文或作或辍地几乎做了一年，这一点后记也或作或辍地几乎做了两个月。天热如此，汗流浃背，是亦不可以已乎：爰为结。

一九二七年七月十一日，写完于广州东堤寓楼之西窗下。

朝花夕拾（典藏对照本）

解　说

《后记》

　　这里所说的不是我自己的，乃是指本文中那篇《后记》。那文章很是特别，比正文的任何一篇都要长，虽然说的只是插画的事情，却很有意思，当作一篇正文去看并无什么不可以。这插画是关于两篇文章的，其一是《二十四孝图》，其二是《无常》。二十四孝这里该有图的是郭巨和老莱子，但前者因为以前也有些人反对，加以删除，所以未曾选入，只有后者三种图像，样式不同，"然而仍然无趣"。另外加入了一种，即是曹娥投江寻父尸的图画，著者在这里发了别的一场感慨，这在旁人或者不大感觉亦未可知，但在他对于礼教吃人的事情很有警惕的人，这感慨正是十分自然的。在这一点上，我就觉得这《后记》很有意义，因为那些随处出现的讽刺都是匕首，何况有些还是超过讽刺的呢。关于活无常的差不多是些考证的话，但后来说到研究讨论，将各种信件都编印起来，可以出几本颇厚的书，因此升为"学者"，这便说的是《古史辨》，与《故事新编》里的《理水》所说的讽刺有点相像了。在著者的文章里常说起学者、绅士和正人君子，以及别的有引号的文句，都是有典故的，但要说明那些事情，便须得查看原案原典，这里无此便利，也或者无此必要，暂且搁下，请为他的杂文作注解的人去偏劳吧。

　　（《鲁迅小说里的人物·彷徨衍义》）

编后记

　　十年前我汇编周作人所著《鲁迅的故家》《鲁迅小说里的人物》、《鲁迅的青年时代》及关于鲁迅的零散文章，共得五十万言。如今又成此书，并非找到了什么新材料，但也不是简单的"炒冷饭"。《鲁迅小说里的人物》解说鲁迅的《呐喊》、《彷徨》和《朝花夕拾》，而《鲁迅的故家》中的《百草园》也"差不多可以说是《朝花夕拾衍义》"（《鲁迅小说里的人物·彷徨衍义·狗》）。料想此老当年必是鲁迅一书在手，有话可说，即著之笔墨。"这只是像《四书典林》之类，假如用了庸俗的旧书来比方，讲说一点相关的人地事物四项的故事，有没有用处不能知道，但不是望着题目说空话，所以与《味根录》之类是有些不同的。"（《鲁迅小说里的人物·呐喊衍义·开端》）作者本是基于原著某一具体内容，"凭了我所知道的和记得的说来"；但《鲁迅小说里的人物》和《鲁迅的故家》虽然各自出过几个版本，却始终是独立成书。读者读了周作人的解说，须得觅鲁迅著作对照；或者反过来，读了鲁迅

202　　　　　　　　　　　　　　　　　　　　　朝花夕拾（典藏对照本）

的小说、散文，再另外看周作人如何讲法。这未免太麻烦了，估计少有人实行。于是这些"衍义"的效用，就要打些折扣了。现在我把周作人的相关文字，附在《呐喊》《彷徨》和《朝花夕拾》各篇之后。便于读者阅读，如此而已。

《鲁迅的故家》《鲁迅小说里的人物》向被列作"鲁迅研究资料"，——此亦为周作人自己所认可："我很自幸能够不俗，对于鲁迅研究供给了两种资料，也可以说对得起他的了。"（《知堂回想录·不辩解说下》）其间可能就是他所谓《四书典林》与《味根录》的区别，而后者不免如其所说，"是夸夸其谈的在讲章旨、节旨，谈得比本篇原文更长，印出来徒耗物力，要看的人也不会多的"（《鲁迅小说里的人物·呐喊衍义·开端》）。或许他之"供给资料"，正为了使"研究"不成那个样子。也可以说"研究资料"与"研究"关注点有所不同。对《呐喊》《彷徨》这类小说来说，其一在"来"，其一在"去"。周作人讲过两段话："这所谓索隐，与《红楼梦》索隐并不相同，只是就小说中所记的事情，有些是有事实根据的，记录下来，当作轶事看看，对于小说本身并无什么关系，作者运用材料本极自由，无论虚构或是实事，或虚实混合，都无不可，写成小说之后，读者只把它作整个艺术作品看，对于虚实问题没有研究的必要。"（《〈呐喊〉索隐》）"文学家所写，艺术家所画的人物，自然不必全要照原样，但是实物的比较有时也还不是无用。"（《秉烛后谈·关于阿 Q》）是乃拘于虚实，则"没有研究的必要"；着眼创造，则"实物的比较有时也还不是无用"。他讲了很多，归结到一点，就是鲁迅作为小说家，是怎样"运用材料"，从而创造出"艺术作品"的。这给我们很多启示；其作为"研究资料"的价值，就在这里。

前引两段话，体现了周作人对于小说本质的深刻认识。他之无意"研究"，"是不为也，非不能也"。举个例子，《阿Q正传》刚刚发表不久，他评论说："阿Q这人是中国一切的'谱'——新名词称作'传统'——的结晶，没有自己的意志而以社会的因袭的惯例为其意志的人，所以在实社会里是不存在而又到处存在的。……他像神话里的'众赐'（Pandora）一样，承受了恶梦似的四千年来的经验所造成的一切'谱'上的规则，包含对于生命幸福名誉道德各种意见，提炼精粹，凝为个体，所以实在是一幅中国人品性的'混合照相'。""只是著者本意似乎想把阿Q痛骂一顿，做到临了却觉得在未庄里阿Q还是唯一可爱的人物，比别人还要正直些，所以终于被'正法'了；正如托尔斯泰批评契诃夫所说，他想撞倒阿Q，将注意力集中于他，却反将他扶起了，这或者可以说是著者的失败的地方。"（《阿Q正传》）以"研究"论，恐怕较他人此后种种说法高明得多。《鲁迅小说里的人物》中一再声明"专说社会事实"，"不谈文艺思想"，其实偶尔涉及写作动机，主题思想，艺术特色，均不乏精辟见解。——附带说一句，前引文章有云："至于或者以为讽刺过分，'有伤真实'，我并不觉得如此，因为世间往往'事实奇于小说'，就是在我的灰色的故乡里，我也亲见到这一类脚色的活模型，其中还有一个缩小的真的可爱的阿桂，虽然他至今还是健在。"周氏"衍义"鲁迅小说，实即肇始于此。

周作人说："读者虽不把小说当作事实，但可能有人会得去从其中想寻传记的资料，这里也就给予他们一点帮助，免得乱寻瞎找，以致虚实混淆在一起。这不但是小说，便是文艺性的自叙记录也常是如此，德国文豪歌德写有自叙传，题名曰《诗与真实》，说得正好，表示里边含有这两类性质的东西。两者截然分开的固然也有，但大半或者是混合在一起，即是事实而有点诗化了，读去是很好的文章，当作传记资料去用时又有些出入，要经过点琢磨才能够适合的嵌上去。"（《鲁迅小说里的人物·呐喊衍义·搬家》）所关心的是《呐喊》、《彷徨》和《朝花夕拾》的"读法"问题。这里前两本虚构乃属必须，读者只要当它们作"小说"去看；后一本是"文艺性的自叙记录"，有必要分辨其中何者为"诗"，何者为"真"。所以谈论起来，态度略有区别。周作人曾说："豫才早年的事实大约我要算知道得顶多。"（《瓜豆集·关于鲁迅之二》）他记述了许多事实，也谈到什么不是事实；所谓"对于鲁迅研究供给了两种资料，也可以说对得起他的了"，应该从这两方面去理解。此外他说："有些物事特别是属于乡土的，土物方言，外方人不容易了解，有说明的必要，此外因为时地间隔，或有个别的事情环境已经变迁，一般读者不很明了的，也就所知略加解说。"（《鲁迅小说里的人物·总序》）这是他的兴趣，也是他的长项，记述事实时不免有所侧重；而对"有点诗化"者加以订正，亦多在此等方面。

　　以上所说"周作人讲解鲁迅"的特色，与我从前的看法相去不远，当时写过一万字的文章，在我的出品中算是长篇了，是以无须辞费。只再交代一点：选录的是《鲁迅的故家》和《鲁迅小说里的人物》中直接"衍义"鲁迅作品的内容，并非两本书的全部；此外仅从《鲁迅的青年时代》和《知堂回想录》中各取了一节，以为补充。周氏还有不少文章涉及鲁迅作品，为免重复，不复收入了。

朝花夕拾（典藏对照本）